浙江少年文学新星丛书·第八辑

海　飞　主编

时光里

时光少年　著

浙江工商大学出版社

ZHEJIANG GONGSHANG UNIVERSITY PRESS

·杭州·

图书在版编目(CIP)数据

时光里 / 时光少年著. —杭州:浙江工商大学出版社,2022.1

(浙江少年文学新星丛书 / 海飞主编. 第八辑)

ISBN 978-7-5178-4799-1

Ⅰ. ①时… Ⅱ. ①时… Ⅲ. ①作文—小学—选集 Ⅳ. ①H194.4

中国版本图书馆 CIP 数据核字(2022)第003140号

时光里

SHIGUANG LI

时光少年 著

责任编辑	沈明珠
责任校对	韩新严
封面设计	浙信文化
责任印制	包建辉
出版发行	浙江工商大学出版社
	(杭州市教工路198号 邮政编码310012)
	(E-mail:zjgsupress@163.com)
	(网址:http://www.zjgsupress.com)
	电话:0571-88904980,88831806(传真)
排　版	杭州朝曦图文设计有限公司
印　刷	杭州高腾印务有限公司
开　本	880mm×1230mm 1/32
印　张	69
字　数	1056千
版 印 次	2022年1月第1版 2022年1月第1次印刷
书　号	ISBN 978-7-5178-4799-1
定　价	448.80元(全九册)

作者简介

　　杜佳洁,2008年9月28日出生于浙江杭州,夏衍小学六年级学生,平常喜欢画漫画、看书、写作等。作品《时光老人》《冬天》《我们班的绘画高手》《元宵佳节》发表于《少年文学之星》杂志。曾获江干区第十二届中小学生综合实践活动成果评比三等奖、江干区中小学寒假"红领巾走杭州"手抄报评比三等奖,2019年杜佳洁家庭荣获江干区"钱塘最美Family"荣誉称号。

杜佳洁

SelfieCity
· 特别的你 ·

第二届风采节展示

社会实践——家风传承

我和我的可爱小弟

端午古风系

关爱聋哑儿童

体验法治

一起去采茶

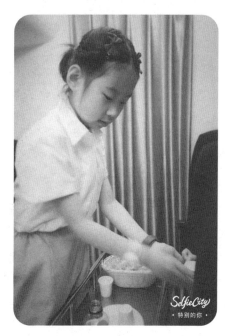

体验航空礼仪

体验烹茶生活

我是爱眼小先锋　心灵之窗我守护

作者简介

沈馨婷，2008年12月出生于浙江杭州，夏衍小学六年级学生，喜欢看书、写作。《守望》刊登于《学习报·浙江少年作家》，《护家》荣获第十五届浙江省少年之星征文比赛一等奖。曾在江干区第十二届中小学生综合实践活动成果评比中获三等奖。

沈馨婷

毕业啦

以
墨

简单且快乐

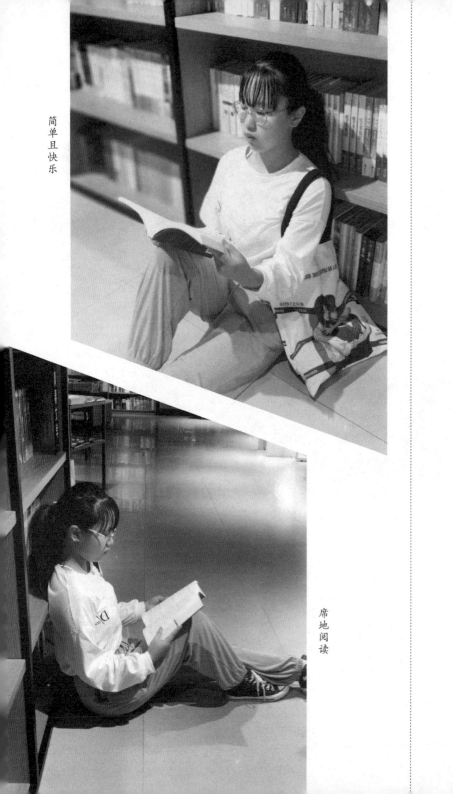

简单且快乐

席地阅读

参观《天官赐福》漫画主题展

寻觅

于展览馆打卡

作者简介

　　童吴钰，2008 年 12 月 24 日出生于浙江杭州，2015 年进入杭州市夏衍小学。作品《多才多艺的小精灵》发表于《轻松学语数》，《鳄鱼和大象》《天子地》《护蛋行动》《疫路有你》《灯》文章发表于《少年文学之星》杂志。在《少年作家》杂志和佳作网联合主办的征文小奖赛中，《眼镜啊眼镜》《"疫"路有你》荣获三等奖，《虎王的烦恼》获鼓励奖。

童吴钰

2015 年写真

2016 年在内蒙古大草原抱羊羔

2017年参加志愿者活动宣传垃圾分类

2018年凯蒂猫家园游玩

2018年和妹妹合影

童真时代

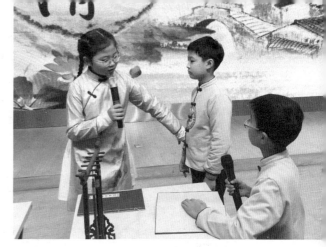

2019年和小伙伴表演话剧

2018年下雪天打雪仗

2021年六一儿童节在商场表演节目

2021年八卦田

2020年樱花树下

作者简介

张紫依,2009年出生于浙江杭州,夏衍小学六年级学生,作品《跑步高手》《我变成了蒲公英种子》《捉星星》《我家五条虫》等发表于《少年文学之星》杂志。作品《虎王的烦恼》获佳作网征文小奖赛三等奖,《雨水》获第十三届"作文100分杯"全国小学生新思路创作大赛二等奖。曾获江干区"红领巾代言美丽江干,小画笔描绘40年成就"主题绘画活动三等奖、江干区第十二届中小学生文化艺术节现场绘画比赛二等奖。

張紫依

和爸爸去旅游

和爸爸去旅游

一切美好的事物
都是曲折地接近自己的目标
一切笔直都是骗人的
所有真理都是弯曲的
时间本身就是一个圆圈

左右确认

和爸爸去旅游

和爸爸去旅游

内容简介

　　《时光里》记录了作者生活、成长的点点滴滴，平凡朴实却真挚。书中有对童年趣事的怀念，对阅读书籍的感受，对抗击疫情的坚定信念，对亲情的歌颂，对祖国大好河山的赞誉，对童话的向往……《时光里》记录着作者眼中的过去、现在与未来。

总　序
见字如你

　　斯巴福德在《小书痴》中写道，"有时候，一本书进入我们恰好准备好的心灵，就像一颗籽晶落入过饱和溶液中，忽然间，我们就变了。"而现在，在我们眼前展现的，是一群优秀的少年写作者的作品，稚嫩中有才华，笨拙中见灵性。

　　一本书，一本由孩子自己创作的书，给予我们更多的思考。文学创作本身具备的魅力正悄悄随着童年、少年、青年的自然生长期而萌芽、生长、繁衍。这种全新的生活体验，正与他们文字成长的速度同步记录和保存。我们感动于他们钟爱文学的热情，体察出他们因大量阅读文学作品而心灵丰盈、下笔生风，而由写作生发出的那种源自内心和诉诸稚嫩笔端的气息，更让我们为之动容和珍惜。真的，没有一个孩子的生活是一样的，哪怕写同一篇文章，也会有不一样的内容。《发现·世界》的作者周昊梵,在记录旅游时的见闻、和父母的亲子互动、校园难忘的经历以及对文学的思考中,就描绘了一个个美好而珍贵的周式童年缩影。但热爱文学,喜欢写作的孩子有一样是相同的,心怀美好,传递美好,想象美好,创造美好,生活和世界,均在此列。所以当一名中学生独自去到异国他乡,文学创作依然是她同行的挚友,徜徉于东西方文化碰撞下的生活环境,写下了记录留学生活的《一路行走一路歌》。"虽说世界庞大,却仍想在这纷扰喧嚣的人群中留下些许痕迹;即使文字稚嫩,也依旧想用真性情,执笔墨书写真我。"这是一直没有停下书写文字步伐的一然,作品第二次入选"浙江少年文学新星丛书"后,对文学最倾心的表白。

入选《浙江少年文学新星丛书·第八辑》的共15部作品,从内容来看,有纪实小说、国外留学生活记、个人生活旅行记、研学手记、语文单元习作的升级作品、小故事等。这些融合生活和学习故事的习作集,以校园故事、身边的人和事、父辈的追求、中国梦四大主题为主的年代感极强的作品、初具雏形的小说,让你看到一个同样的世界里不一样的心灵感悟。用文字记录生活,并没有写成流水账;想象性作品在现实基础上的对于这个世界的感知与想象既大胆又具有创新性；记录童年生活里的点点滴滴，有情怀有故事有功底，叙述平淡里有曲折，引用典故而能深发意味；习作有向作品的美好过渡和提升，有模仿痕迹但也有不同的见解。文章亦庄亦谐，亦古亦白，语言精雕洗濯也有童真童趣；抒情大胆而细腻，感情恰到好处，收放自如，转折与衔接处也有刻意与盈润的笔触。比如同样是因为文学征文比赛而钟情写作的南皓仁、吕可欣，作品有各自不同的特色：南皓仁的作品《不规则图形》包含了多种文体，题材丰富多彩、文字成熟老练、想象力丰富；吕可欣在写作《春曦》时是用她的童眼去观察这个世界，用童心去感受身边的人和事，用童言来抒写她的感受。这里面有童真，童趣，有温暖人心的文字，更有来自灵魂的拷问。他们介入世界与生活的脚步有点快，又看得出有认真充足的准备，字如其人，是真的。少年的你，多少年后，你自己来读一读，还是全新的一个自我。真好！

　　我常常在想，到底是怎样的初衷，能让十几岁的少年，安静地将成长的行程一字不差地记录和感喟。他们所写的生活，有春夏秋冬里细心观察的所感所悟，有现代时尚生活的体验，有在长辈回忆的生活里的感叹和想象中天马行空的生活，最神奇的是，一个小物件都能写出各种不同

的故事。少年行的《童真年代》一帧帧都是孩子们纯洁的童真年代的真实写照，是一曲曲质朴无华的童年之歌。桐月六小童的《彩色的天穹》里有孩子们处在乡村与城市之间的最真实的心灵写照与思考。《时光里》"镌刻"着时光少年的烂漫友谊和温馨童年的美好印记。《行走的哲思》里湖畔四少为我们分享了研学中的所见所闻、所言所行、所思所想，既有深入的对历史的剖析，又有对自然的观察与探索，文笔恣意洒然，未来可期。两三点雨山前用文字记录了她们生命中最初的美好，也记录了她们生命中最初的思考。短短的篇幅，回味绵长，或许真的能品出《时光的味道》。读《素心之履》你能欣赏到江南水墨长卷般的书生意气，乌镇、南浔、西塘……搂着这样的小镇，感受日日夜夜的人文沉淀的浑厚，那不是一场旧梦，是俗世烟火气息下一个个真实的自我。七八个星天外，以文字采撷遥不可及的历史，呈现的却是眼前的幸福与美好。

写作有起点，有创作方向，有个人的审美追求和价值观。当你的创作代表了人类社会大众的普遍方向，当你虚构的世界引起了人们的关注，当你描述的真实在隐喻和暗藏中悄悄生长，当你的文字，代表了一种生命物质……你会发现，很多事物都不一样了。生在杭州，长于钱塘的梁熙得，以一部《鼹鼠先生的春日列车》，将脑海里的奇思妙想，让人眼前一亮的妙笔生花全部装载。"以梦为马，路在前方。以写为乐，自由畅想。海豹，它有一片海洋。"这是多么自信的童年宣言！诸葛子誉的纪实型小说《稚拙的日子》用真实的笔触，写下了生活的经历和对生活的简单观感，勾画了一个稚拙有趣的童年。徐诗琪在《冒傻气的小红鼠》中更是塑造出了一个个性强，爱出风头，同时也富有正义感和责任感的孩子形象。樊雨桐写的城市女孩则个性独特，惹出一些啼笑皆非的事情，由此有了一段不一样的童年，细细感受《不一样的童年》，你也许会找到你童年里的不同和相似。小作者们在创作道路上的探索和追求，着实引人感动。

宙斯为了在广阔的宇宙中创造人类，与普罗米修斯进行了艰难的旅程。他们寻找黏土的途径到现在还是众说纷纭：有人说，他们是从色雷斯草原一路东行到小亚细亚，最后在位于底格里斯河与幼发拉底河之间的丰饶之地找到黏土；也有人振振有词，表示他们是南渡尼罗河，穿越赤道，最终在东非得偿所愿。不管经过怎样的跋涉和攀登，最后宙斯决定让雅典娜轻吹一口气，赐予这些成型的泥人生命。在时代的洪流里，我们坚持做这套丛书八年，其间的过程百转千回,在网络科技发达的今天,希望我们的坚持加上你们赋予这项事业的灵气给予我们追寻文学持久生命力的源泉。

有的作家,他写的作品就如一辈子精心于一类特殊工艺的手艺人一样,作品中有一种固定的地理,一种永远不变的时段,一直让人感觉是在童年时期。而青少年儿童自己创作的作品,并没有定型,但你也能看到很多类型、方向、文本的雏形,他们在模仿、在创造,也在改变,更在颠覆。不难发现,在阅读,无论电子书还是纸质书阅读,越来越快地改变人们的同时,读同龄人的书,由自己写出一本书已然成为一种趋势,曾经的少年不再是那一群只知道玩滑板、打篮球的小孩,也不再是抱着芭比、沉浸于cosplay、穿着洛丽塔的少女,他们正在以成年人的视角和语感诉说和表达对这个世界的看法和诉求。就像赵蕴桦在《灼灼其华》中所说:"我的作家梦,是从阅读开始的,阅读更广泛,更深入,写作热情就持续高涨。我期盼每个周末和暑假的来临,那样我可以走更远的路,赏更美的风景,考察更深厚的人文底蕴。我的作品是我小学毕业的纪念,未来,我期待着成为真正的作家!"如果你想了解少年们在想什么,最好的办法也许就是看看他们写下了怎样的世界,和对世界万物的看法。那些无法言说的都借助文字来喷薄,借由这个口子,架构了我们与他们之间的桥梁,希望,真诚的心灵交流与沟通,从此变得容易。

世界本来就很美,我们想方设法带给这些御风的少年一个美好的世界,而在他们眼中,美好的世界可以由自己界定,由写作与这个世界建立最好的联系,由此在成长的道路上哺育出更美丽的生命之花,何其有幸!见字如你!

向所有看到这些文字的大人和孩子,致敬你们曾经以文字和写作创造的美好快乐的童年及世界!

海飞

2021 年 12 月

校长寄语

　　感谢老师和家长在孩子们心中种下一颗热爱文学的种子。夏衍小学六(5)班的杜佳洁、沈馨婷、童吴钰、张紫依同学被评为浙江少年文学新星,四人合作的《时光里》入选浙江少年文学新星丛书第八辑,并由浙江工商大学出版社出版。愿孩子们笔耕不辍,用朴素的文字表达纯真的内心,记录并感恩美好的生活。

杭州市夏衍小学校长　戴玉梅

2021年6月20日

老师评语

　　杜佳洁是一名全面发展的好学生。作为一名中队长，她对工作认真负责，是老师的好帮手、同学们的好榜样。她兴趣爱好广泛，喜欢画画、唱歌、看书……她多次荣获少儿书画大赛金奖，荣获江干区"喜迎十九大　同心绘平安"活动优秀奖、江干区"学习夏衍精神，争做钱塘好少年"第八季快乐竞赛优秀奖。《我们班的绘画高手》等四篇习作发表于《少年文学之星》杂志。《手工制作茶果，传承匠心手艺》荣获江干区第十二届中小学生综合实践活动成果评比三等奖。

　　杜佳洁是校合唱团的成员，她每天起早摸黑，与队员们一起刻苦排练，代表学校参加各级各类比赛，取得了可喜的成绩。在江干区第十二届中小学生文化艺术节合唱比赛中荣获一等奖。在2021年"首届中国杭州合唱指挥大会暨合唱艺术节"中荣获少儿组银奖。

她积极参加公益活动,参加青芽假日小队组织的各项活动,如"垃圾再利用·花瓶绿植DIY""童心向党扬国旗 我和祖国心连心"等,荣获江干区中小学寒假"红领巾走杭州"手抄报评比三等奖,在2019杭城"闪亮之星"暑假假日小队评选中,青芽假日小队荣获人气奖。2019年杜佳洁家庭荣获江干区"钱塘最美Family"荣誉称号。

沈馨婷是咱们班的小作家,她喜欢看书,热爱写作。在第十五届浙江省少年之星征文比赛中,长篇小说《护家》荣获一等奖。《守望》刊登于《学习报·浙江少年作家》。在江干区第十二届中小学生综合实践活动成果评比中,学军实践活动荣获三等奖。

她积极参加各类活动,在"小鬼当家"体验活动中,感受到了妈妈的辛苦,写下了感悟,发表于校微信平台。她和队员们参加了《博学少年》杂志组织的"请你做一天小记者"活动,上午参观了祖名豆制品厂,了解了豆制品的历史文化、制作工艺、营养价值和食用方法。下午聆听了《博学少年》杂志编辑的精彩讲座,学习了写作知识,了解了新闻写作的技巧,得到了小记者证。

夏衍小学蓝精灵文学社社员童吴钰酷爱写作,一年级时参加了《少年作家》杂志征文小奖赛,《鳄鱼和大象》荣获优秀奖;习作《多才多艺的小精灵》以及钢琴独奏视频刊登于《轻松学语数》2016年12月刊,全省各地的同学通过微信扫描二维码,可以欣赏童吴钰精彩的钢琴演奏。这些小小的成就激发了她的写作热情,如今已有十篇文章发表于《少年文学之星》《小学生世界》等杂志。在《少年作家》杂志和佳作网联合主办的征文小奖赛中,《眼镜啊眼镜》《"疫"路有你》荣获三等奖,《虎王的烦恼》荣获鼓励奖。

童吴钰热爱生活,做生活的有心人。她设计的坐姿矫正椅荣获江干区第十一届中小学生综合实践活动成果评比三等奖。她参观了杭州市禁毒教育馆,"争当小小禁毒宣传员"荣获江干区第十二届中小学生综合实践活动成果评比三等奖。她和队员们参加了江干区第四届中小学生"我和我的祖国·向世界传播中华声音"——钱江少年寻访之旅寻,访身边的最美书屋活动,荣获二等奖,被评为2020年度江干区新时代钱江好少年。

她擅长弹钢琴,参加各级各类钢琴比赛,也多次荣获金奖,2020年获得中国音乐家协会钢琴考级十级证书。

夏衍小学蓝精灵文学社社员张紫依擅长写作,荣获第十三届"作文100分杯"全国小学生新思路创作大赛二等奖、第十五届浙江省少年之星征文比赛优秀奖。《植物园》《跑步高手》等八篇习作刊登于《少年文学之星》《小爱迪

生》等省级杂志。参加了"小学生要不要帮助陌生人"辩论赛,观点刊登于《少年作家·轻松作文》,荣获"最佳辩手"称号。在作家进校园活动中,她和朱缪轩同学作为主持人两次精彩亮相,得到了老师和同学们的好评。

她积极参加公益活动,参加了"衍"课程公益课堂、"废物利用 脑洞大开——垃圾分类大作战"、"我是亚运小主人,垃圾分类我先行"等活动,"我是爱眼小先锋 心灵之窗我守护"荣获杭州市少先队暑假社会实践一等奖。张紫依家庭被评为2019年度江干区优秀"江干Family"志愿者家庭。

张紫依是我们班的小画家。她的绘画作品作为插画刊登于《学习报·浙江少年作家》,在2018年暑期江干区中小学"红领巾代言美丽江干,小画笔描绘40年成就"主题绘画活动中荣获三等奖,她还获得了江干区十二届中小学生文化艺术节现场绘画比赛二等奖。

语文老师　翁吉英

同 学 评 语

杜佳洁是我们班的中队长，她学习很优秀，从不偏科，在班级中拿过许多第一名。她不仅学习优秀，还很热心，下课会有同学问她题目怎么做，她总是以幽默的方式使别人明白意思，平时还经常参加一些公益活动。她的人缘也不是一般的好，总是有人和她一起聊天、学习、看书，总是乐在其中，还别有一番风趣。

——朱缪轩

杜佳洁是我们班里的"知心姐姐"，她是解决问题和困难的专家，同学们遇到困难都会首先找她帮忙，她会热心地讲解解题方法；她还经常参加校内外的活动，对她来说，唱歌、画画、主持等都不在话下；她还获得过很多奖项，为班级和学校争得荣誉。她是一个善良又多才多艺的好伙伴。

——顾子昂

　　沈馨婷是一个热爱看书的女孩,可以用"手不释卷、爱书如命"来形容。每次下课铃一响,她就会从抽屉里掏出书本,如痴如醉地看起来,她边看边把好词好句摘抄到笔记本上并背下来。这个习惯对她的写作能力有很大的帮助,每次在语文学情调研中,她的作文总能得到优秀。不仅如此,她还获得过浙江省少年文学之星征文比赛一等奖,《守望》刊登在《学习报·浙江少年作家》。这就是所谓的"不积跬步,无以至千里"吧!如果你也想像她一样,能写出一篇篇好的文章,就一定要向她学习哦!

——俞欣妍

　　沈馨婷是个阳光可爱的女孩子,但对于外人,她总是一副高冷的模样。她最大的爱好就是看书,可谓是手不释卷,每次都看到了废寝忘食的地步,早上看,吃完饭看,下课看,睡前看,看书基本上占了她生活中的三分之一的时间。她还有一个好习惯,就是看到好句都会摘抄在本子上,这个好习惯使她的作文更上一层楼,最近她的文章获得了浙江省少年文学之星征文比赛一等奖呢!我要向她学习。

——杨佳佳

童吴钰是我们班的钢琴高手,她的手指在钢琴的黑白键上来回地跳动,一首动听的乐曲就缓缓地飘进你的耳朵。她的作文也和弹琴一样,行云流水,一气呵成,阅读她的作文是一种享受!

——王子范

童吴钰是个全能的女生,她自小练习钢琴,坚持考级,五年级时更是过了十级!并且她的体育也不是吹的,作为学校的女篮队员,她能用十分努力就绝不用九分。钢琴弹得好,篮球也打得好,她的口才也是一流,作为一个德云女孩,她经常看相声,在有些同学不开心时,总能用一个又一个有趣的相声,让同学们开心。真不愧是同学们口中的"大姐大"呀!

——沈赵鑫磊

张紫依,你是个活泼开朗的女孩子。在班里,你成绩优异,还会帮助有困难的同学。你爱看书,并写得一手好文章,字也很秀气。你画的画也特别好看,是个全面发展,又讨人喜欢的小姑娘。

——李熙妍

时光里

张紫依是一个活泼开朗的女孩,她非常乐于助人,同学有求于她,她绝不会拒绝。她还非常大方,从不吝啬小气。张紫依也是一个小画家,各种风格的画,她都画得非常好,我们班里的同学都非常崇拜她!

——陈欣怡

目　录

沈馨婷

童吴钰

张紫依

杜佳洁

小 区 的 变 化

2019年我参加了许多少先队活动,印象最深的就是垃圾分类。

这一次我们邀请到了一位教我们垃圾分类的老师,他带我们去了解垃圾,还让我们知道了怎么进行垃圾分类和为什么要进行垃圾分类,他说:"一个人一年就能制造几吨垃圾,更何况我们中国有十几亿人,每一个人制造几吨垃圾那还得了,整个中国都要成垃圾场了。这时我们就需要一个专门收垃圾的地方,为了让收垃圾的地方的叔叔阿姨不那么辛苦,我们就需要进行垃圾分类。有一部分垃圾是可以利用的,如果垃圾分类成功了,就可以实现资源再利用。"说完,老师就带我们去看了一下我们小区的垃圾桶,每幢楼层下面都会有不同颜色的垃圾桶,分别代表了不同的垃圾投放点。

老师看了惊喜地说道:"你们小区和去年相比干净了很多,记得我上一次来的时候都没有进行垃圾分类,遍地

垃圾,而这次却分得这么清楚,真是恭喜恭喜!"

通过这次学习,我知道了,垃圾分类的重要性,以后我们一定能变得更好。从这以后,我积极参加少先队活动,最终我家也成了江干区最美家庭。

家

　　"家"这个字代表着温暖。无论何时，无论何地，家永远是我们最坚强的后盾。

　　我们家是个志愿者家庭，做过许多志愿者活动，其中包括访问聋哑儿童。

　　那是一个春天，我与小队同学一起乘车，去一所远在余杭区的聋哑儿童学校。一路上我们心中都特别紧张，怕我们和他们不一样，没有办法一起愉快地玩耍。说实话我其实也对他们有点反感，毕竟我们是身体好的人，可他们却都没有健康的身体。可当我接触他们，真正与他们一起学习做游戏后我对他们的态度改变了，彻彻底底地改变了。

　　到达聋哑学校后，老师让我们教他们做灯笼。好在这灯笼十分简单易成，我放下一口气，悬着的心也跟着放下了。

　　当我正松一口气时，一个小男孩突然就叫住了我，他让我帮他把他的愿望挂到墙上去。我这个人嘛，好奇心挺强，便问他："你写了什么愿望？"他说："我想跟爸爸妈妈一

起去动物园。"我怔住了,忙问他:"你去那边干吗?"他说:"我听老师讲故事,听到动物园里有许多好看东西,等我病好了,一定要亲眼去瞧瞧。"这时我突然明白了一个道理,人本不该分病残与健康,家也不应该分现实与幻想。

家永远是我们最坚强的后盾,也是最后一道底线。

2020年新冠疫情暴发,许多逆行的白衣天使舍小家为大家,前往武汉抗疫,在途中有许多感人的故事,让我们一起看看吧。

一位护士半夜悄悄走出家门,为什么悄悄呢?因为她怕被家人发现,会担心她,而她正要去武汉抗疫。自她走出家门,踏上火车那一刻起,她便知道无法回头了。城市灯光笼罩着心中一片赤诚,到了武汉,她为了照顾病人更方便,把自己一头秀丽的长发剪了,没日没夜认真工作。他们为的是什么?为的就是中国这个大家,他们知道,有中国才有自己的家,他们是最勇敢的人,他们令我敬佩。

逆行者的光荣事迹,我们都明白了,接下来便是些平凡人做的事。

一名小学生拿着厚厚的一叠钞票去了银行,但是银行的工作人员不在,他便悄悄把钱放在了台上,等到银行工作人员发现的时候上面却没有那名学生的名字,只有一句话:请您把这钱给武汉的逆行者,我知道这钱渺小,但我真的希望武汉加油,中国加油。

还有一次一个老婆婆推着一辆装满橘子的车走在大街上，结果被一个外卖小哥撞倒了。周围的人连忙围过去看望，外卖小哥着急地说："今天也太倒霉了，遇到这种事。"言罢便去扶老婆婆，可那老婆婆却紧紧抓着他的手说："这位小兄弟，快把这些橘子送给逆行者，好吗?"外卖小哥呆住了，他放弃了手中的外卖，连夜把这些橘子送到了武汉，冬日雪花飘飘，却遮不住人心的暖意。

　　他们同样也是为了中国这个大家。

　　一个家可能很渺小，可千千万万个家在一起力量却很大，也就是这些家，才构成了今日的社会，今天的中国。那些远在国外的中国儿女啊，可别忘了中国才是你们的家，还是你们最坚强的后盾。

　　对我们每一个人来说，家，如同灯塔送给迷离海外的人一个温暖，如同盾牌结实可靠，如同美丽又迷人的森林令人向往。如果有空就好好陪伴身边的家人，保护与守护好自己的小家吧，让我们一起行动起来，为了今天的小家、明天的大家加油吧!

时光里

二十四节气——立夏

　　你们知道二十四节气吗？二十四节气歌是：春雨惊春清谷天，夏满芒夏暑相连。秋处露秋寒霜降，冬雪雪冬小大寒。今天，我就先给大家说说立夏。

　　还记得有一次，我和弟弟去放风筝，突然没风了，风筝从高高的天上掉了下来，弟弟哭着说道："明明是春天嘛！为什么突然变得这么热呀！"很多小朋友都和弟弟一样小声嘟囔，就连知识充足的我也忧愁起来。后面天气越来越炎热，人们都受不了了，纷纷回去了。

　　回到家弟弟说："姐姐，你不是学过电脑吗？上网查查看不就好了呀。"我突然想到了什么，马上就打开电脑查了起来。哦！原来是这么回事啊！我大声叫道，对弟弟说："今天是立夏，表示春天过去了，炎热的夏天来地球观光了。"弟弟又问："上面还写了什么？"我往下翻说："立夏要吃鸡蛋，不然要疰夏的，立夏的传统活动是斗鸡蛋。"弟弟等不及了，说："那快点开始吧！""不过要先吃鸡蛋，不然要疰夏的。"我厉声说道，正好桌子上有几个鸡蛋，我和弟弟马上吃掉了，然后开心地拿着另外的鸡蛋斗蛋去了。

立夏真有意思啊！我想如果每天都立夏,那又会是怎样的呢?

为地球发声

　　很久很久以前有一只名叫"天"的怪兽,听人们说,这种叫"天"的怪兽只有在环境被破坏、动物被屠杀的时候才出现,一出现就会冻结四方。所以这种叫"天"的怪兽被动物们称为守护神。以前因为这种怪兽出来次数很少,所以古书里面没有它的记录,可是在某年的一天,这种被动物们称为守护神的"天"却再次现身在了人间。而"天"出现的原因,竟然是有两只动物向"天"汇报了它们现在的处境。

　　唉,随着三大破坏,我们的生活可是越来越难过了,这该如何是好啊! 熊老大、熊老二说:"还能怎么办呢,求助'天'呗。"熊老大说完便向"天"汇报了他现在的处境。

　　"天"知道这一切后非常生气地说:"人类真是不知好歹,动植物招你们惹你们了,为什么不能和平共处呢,还不停地破坏自然。等着吧,有你们好受的。"说完,便来到了人间。

　　"天"来到了北极,它看到北极的变化后惊呆了:"北极怎么变成这样了,遍地尸体。噫,这不是北极熊吗? 怎么会被活活饿死？它可是冰川之主啊!"说完,便仰天一叫把世界上所有的人都冻住了,但除了一个人——兰儿。

"天"看到自己的法术对兰儿没用,便惊奇地来到她身边说:"你为什么没被冻住啊?"哦,原来兰儿是一个爱环境、爱动物的人。此时,兰儿大声对"天"说:"天,请你再给我们一次机会,我们一定会好好爱护环境和动物的,求求你了。""天"被兰儿的精神感动了,便收回了冰封说:"如果世界还是现在这样,我会再下来人间的,到时候就不是你说几句话那么简单的了。"看到人们都解冻了,兰儿把人们召集到一个地方,大声地对他们宣传保护地球的重要性,最后经过人们的努力,地球终于恢复了往日的光辉。

"人们啊,醒来吧,不要再永无休止地破坏。地球的冰川在融化,河流在哭诉,再这样下去,地球终将走向灭亡。这是你们唯一的家园,如果你们还有一点点留恋这个世界的话,就珍惜每一寸土地,珍爱每一株花草,爱护每一只动物。""天"说完便消失在了人间,之后再也没有人见过"天",也不知道它在哪里了。

妈妈的高跟鞋

　　"嗨,大家好,我是高跟鞋,我是女人们万万不可缺少的一件东西。在镜子里看到我自己,有尖尖的头,长长的腿,好看的颜色让人看了好生嫉妒。"小看我,呵呵!那你就错了。

　　我是妈妈的好帮手。"这你就不知道了吧!我高跟鞋是你们妈妈的好朋友,比如说你的妈妈对自己的身高不太满意,就过来找我,那就是我大显神威的时候了,你的妈妈穿上我就会非常满意,因为我的腿可足足有10厘米长。假如你的妈妈的身高只有1.5米,那我就可以像魔法师一样,在一瞬间把你的妈妈的身高变成1.6米。假如你的妈妈对自己的容貌不满意,那只要穿上我就会让她美丽万分。所以说我们高跟鞋家族是你的妈妈最得意的帮手。"听了这些,你还不服,那你可就又错了。

　　我还是销售员的好朋友。别看我个头小小的,我的用处可大了,如果你去看那些站着的销售员阿姨,再仔细看看她们的鞋子,你就会发现我的足迹。看到了吗?销售员脚上穿着的就是我了,你可不要小看我。如果她不穿上我是没办法工作的,同时你也不会觉得她们很有精神和很引人注意,其实说白了,还是因为我可以增高和增加美丽。

这就是我们高跟鞋家族。记住了,我们是高跟鞋,便宜又实惠,是女人的法宝、妈妈的帮手、销售员的好朋友!

我想说声谢谢您

　　冬日的阳光悄无声息地穿过云层,投进夏天炽热的怀抱里,浸润着阳光芬芳的泥土,绽放出浓郁的花香……记忆中,这一路的成长,因为有您,永远是阳光般的温暖。

　　记得上三年级时,您对我们做的一件事,对您来说不过寻常,对我来说却意义非凡。那一次科学课天气很冷,外面下着鹅毛般的大雪,寒风呼呼吹过,咆哮着。"铃……铃……"上课铃响了,我回到了位置上,准备等您来上课。"铃……铃……"古老的时钟又发出一声声苍老的声音,一分钟过去了,五分钟过去了,二十分钟过去了,可您还是没有来。同学们开始着急了,开始乱动,说话做小动作……但就在这时,您缓缓走来,不知是不是腿脚受伤了,走得很慢很慢。见班级里那么吵,您大喊了一声,大家才渐渐安静下来,静静地听您讲课。

　　但好景不长,不一会儿教室里又渐渐响起议论声,盖过了您讲课的声音,您无奈只好一步一步慢慢走下来管我们,此时令全班惊讶的事情发生了,您的腿上竟然绕着厚厚的绷带,全班顿时安静了下来,静得连根针掉下来都能听见,您似乎感到了异样,看了看自己的腿对大家说:"我没事,为了给你们买材料摔了一跤而已。"然后强忍着疼痛仍坚持到下课铃声响起。其实在整节课中我们都能感受到有好几次您因为腿受伤了差点痛出眼泪,可您都忍回去了。此时,冬日中一缕阳光透过窗户照在您的脸上,把您为了学生日夜操劳的脸颊照得清清楚楚,这堂课让我受益匪浅。

老师,其实我一直有句话想对您说:"如果可以重来,我愿变回三年级的小朋友,静静地趴在课桌上望着您,再对您说一声'谢谢您,有你真好'。"

下雨天中的温暖

　　"呼——呼",寒风呼啸像一只咆哮的野兽,把这座大城市吞入其中。"嗒——嗒",大雨倾盆而下,在街头有着一位背着书包,没有伞的少年,像是在等谁,又像一个无依无靠的孤儿。街上人很少,零零落落,可每一个人身边都有亲人或爱人或朋友陪着,只有少年一个人孤孤单单……

　　这是个傍晚,火红的晚霞照亮了整个天空,把大地烧成了炽热的红色。少年呆呆地坐在学校的台阶上回顾着往事。后面来了几个人,个个高大强壮,他们站在少年面前,盯着他手里拿着的那把伞,其中一个青年狞笑着对他说:"你看天上乌云密布的,要下雨了,把你的雨伞给我吧。"少年抬头一看,果真乌云密布,不似刚才那火红的晚霞。"怎么了,哑巴啦?"那青年咆哮着,可周围却静得可怕。少年的手紧紧地握着那把雨伞。那青年又说了一遍:"没哑就赶快给我。"接连发问后,少年终于鼓起勇气跟他对峙:"这是我的伞,为什么要给你?"那青年继续发问:"你到底给不给我?"少年紧咬下唇,额头上豆大的汗珠不停地流下来,手里却还是紧紧握着那把伞。"小二、小三,去把他的伞给我抢过来。"那青年发令,只见他身边一左一右两个跟班用力拉扯着少年手中的伞。少年急了,大喊道:"这是我母亲留给我的伞。我不能给你们的,求你们了。"可他越叫那两个人抢的力气就越大,最后少年的手还是因为力气不够而松了下来,伞被他们抢走了,而他只听到了他们临走前说的最后一句话:"就凭他那一个扫把星,一个孤儿,就连他妈都不要他了,还留着这一把破伞有什么用,就这还敢跟我斗。"这时下起了小雨,阳光收敛了颜色。他紧闭双眼,虚无、空洞,雨滴答滴答越下越大似乎在为他悲伤。这时,他像是看到了一个虚影,向他笑着、跑着。而他想伸手触摸她时,她却与雨水融为了一体。不知过了多久,他才慢慢从地上爬起,背着书包慢慢前进。

他睁开双眼,脸上早就泪流满面,雨滴打在他的身上,他却丝毫没感到,转眼自己已成了一个水人。他低着头继续向前,听到旁边有两个人互相关心的语言,他想:"从她离去后开始,别人的快乐都与我无关,他们玩耍打闹,我却只能孤零零地站在一边。这世界那么热闹、有趣,可我却像一个不属于这里的人。"当少年还在瞎想时,一名出租车司机过来了,心想:"这个人没伞,今天一定又可以大赚一笔。"于是向少年挥挥手:"要不要进来,我送你回家。"这句话很简单、寻常,却让少年感到了很久没有感受过的温暖,与当初母亲还在时的温暖一样,那一刻他没有犹豫,上了

下雨天中的温暖

出租车。

　　到了车上司机问他："你叫什么名字,几岁了,家住在哪里?"只是短短几句,却让他又一次感到温暖万分,他道:"我没有名字,也没有家,12岁了。"司机听到这话顿时惊呆了,挠了挠耳朵,以为自己听错了:"你是个孤儿?"少年向他说出了自己的经历,那段见不得光的经历。讲着讲着,他那两行不易被看到的泪水,在灯光的照射下掉落在腮旁。司机沉默了,他把自己原来想收钱,大赚一笔的想法打消了,司机对少年说:"我告诉你,你这种人我见多了,毕竟我自己也是一个,没妻子,没儿子,孤身的老头。但我们不能失去希望,不然和咸鱼有什么区别……你从此跟我混怎么样?"少年惊讶到结巴:"你愿意……与我一起………生活……可我只是一个无依无靠,没身份……没背景………没钱的孤儿……啊。"少年愣住了,他以为自己在做梦,可司机却笑道:"对啊,我与你一样,十几岁便没了爸妈,所以你愿不愿意与我一起生活啊。"少年笑了,笑得很灿烂,这是他没了父母后第一次笑,这一笑似春日里的暖阳,令人向往。同时,滴滴泪珠缓缓落下,他说:"好啊,从此你就是我父亲了。"司机第一次被人叫父亲,感动得热泪盈眶,说道:"好啊,乖儿子!"出租车里两个人又笑了起来,一个爹爹一个儿子,一个老人一个孤儿。车外的风暴再大,也抵不住车内的暖意,谁也无法领悟两个被世界抛弃已久的人再次感到温暖的喜悦。

　　就这样,出租车司机与一位背着书包淋雨的少年快乐地生活在了一起。

今天我当家

　　早晨七点,闹钟响了,真想再睡一会儿,可谁让我今天当家呢!按计划表,我的第一个任务就是去买肉,于是我骑着自行车开始行动了。

　　我来到了菜场的肉摊前,问道:"老板,这肉几块钱啊?"老板说:"13块钱1斤。"我说:"这也太贵了吧!"老板见我这样说马上就改口说:"那给你12块钱吧!"我说:"好的!"这样就完成了第一个任务。

　　我拿着一块肉去了厨房,先把肉放进水里解冻,又从冰箱里拿出包心菜、胡萝卜,用刀切成一片一片的薄片,再把解冻好的肉切成细丝,接着把包心菜、胡萝卜、肉一起放在水里清洗。就这样,洗菜和切菜的任务也完成了,现在就剩下一个任务——炒菜了。

　　我把洗好了的肉、包心菜、胡萝卜倒入加了油的锅中用锅铲来回翻炒,再放入米线用筷子搅拌,倒入胡椒粉、孜然粉、盐,不一会,香喷喷的炒米线做好了。

　　当家可真不简单,看来以后要多帮妈妈做家务了啊!

零花钱的故事

大家好！我是零花钱，我的主人小王以前是一个爱帮助人、学习成绩又很好的人，常常被老师夸奖。有一天小王的父母给小王一千元钱，从此小王变成了一个爱买东西、爱乱花钱、爱乱搞恶作剧的人，这让小王的父母很头大。他们怨自己当初把我给了小王。于是小王的父母就决定把我拿回来，他们偷偷来到小王房间，仔仔细细地搜查，终于找到了我。他们一气之下把我扔到了窗外，我被丢掉在了大货车的顶端，顿时晕过去了。

不知过了多久，我终于醒来了，这时看到了一只小兔子，就问她："这是什么地方？"小兔子说："这是我的家，我看见你晕倒在地上，就把你带回来了，对了，你饿不饿啊？"我说："当然饿了。过了这么久我肚子都饿扁了。"小兔子说："好吧，我给你做一碗萝卜汤吧！"不一会儿一碗香喷喷的萝卜汤做好了，吃完了萝卜汤我向小兔子告了别，朝着主人家的方向走去了。

这时太阳快下山了，怎么办呢？听别人说这片森林晚上会有野兽出没，我心里顿时忐忑不安起来。就在这时，

我看到了一棵大树,于是想到可以爬到树上过夜的啊!这样野兽就找不到我了,说干就干,我马上按我自己说的做,终于赶在天黑之前爬上了树。夜幕降临,许多野兽都开始活动了,一眼望去黑漆漆的一片,我的心也在扑通扑通地跳着。这时候我不敢乱想,闭上眼睛不一会儿就睡着了。等眼睛睁开一看,又是阳光明媚的一天,我踏上了回家之旅。走啊走啊,我来到了一个院子,院子里有一条小狗,我就问他:"可不可以给我一点吃的?"小狗说:"你就和我一起吃一根骨头吧!"我和小狗马上就吃完了。到了晚上,我和小狗一起睡在了院子里。第二天,我告别了小狗继续前行,来到了一座房子面前,我仔细一看,这不正是主人家吗?这时,小王从里面出来,马上就认出了我,他说:"零花钱你终于回来了,知不知道我找你找得好辛苦啊!"我热泪盈眶地望着主人说:"如果你再乱花钱,我真的就不回来了。"这时小王看着我心痛地说:"我以后会节约的。"经过这次事情之后小王不再乱花钱了,好多坏毛病也渐渐地改掉了。

从此"我"和小王开开心心地生活着,小王的零花钱越来越多了。

我们班的绘画高手

每一个班都有每一个班的高手,今天我就给大家介绍一下我们班的绘画高手——张紫依,同时她也是我的好朋友。

她有着一头秀丽的长发,一双乌黑发亮的眼睛,长长的睫毛,红红的樱桃小嘴。嘘!悄悄告诉你,如果你从远处看她,可能会以为她是一个外国人呢!不要小瞧她,这位可是个有卧虎藏龙之力的人呢!

你可别看她是女生,绘画的本领可不是一般人抵得上的,可以称她为现代的"唐伯虎"。

你瞧!她用铅笔一画,用记号笔一勾,再把颜色一上,一朵美丽动人、婀娜多姿的花朵就出来了。再看这花,从深蓝色渐变到浅蓝色,叶子从深绿色渐变到浅绿色,花蕊从橙色渐变到黄色,别提有多逼真了。唉,像我这种画画技术,要什么时候才比得上张紫依的画画神技呢。

张紫依最得意的作品就要数那张获得金奖的作品了,画上有一个美丽动人的小姑娘,手上还抱着个蓝色泰迪熊,后面是市民中心。而那个小女孩仿佛有灵性一样,你

一看到她,就会深深地爱上她,流连忘返,无法自拔,不想离开她了。

还有她画的那一只可爱的小熊猫,小熊猫的每一条线、每一个细节都是张紫依认认真真地画的,所以你说她对绘画上不上心。

还有一次,下课了,我们大家都出去玩了,只有她,默默地看着一本关于美术的书籍。叫她出去玩,她都不愿意。班里绘画能到这种境界的,恐怕只有她一个人了吧。

这就是我的好朋友张紫依,爱绘画到疯魔的张紫依,无论怎样她都是我的好朋友。这就是我们班的绘画高手,不服来战!

旅行让生活更美好

　　如果说书能让我们增长见识,那么旅行就能让我们开阔眼界;如果说书能让我们聪明伶俐,那么旅行就能让我们体会更多生活的乐趣;如果说书能让我们尽情地遨游,那么旅行就能让我们心旷神怡。

　　这天早上我早早地起了床,洗漱完吃完早饭便与家人一起来到我向往已久的旅行之地。到了那里,我惊喜不已。那里古香古色,充满着浓浓的香气,那里让人心旷神怡,可以让人尽享生活的美好。我一路走来看到许多美丽的花草树木,这里的植物长得似乎比别处的更好,让人感到十分舒适。你瞧她那细长的叶子像不像一个美丽女子;你再看那红艳艳的花朵,像不像一只只在绿叶中飞舞的精灵;这景色近看像一面翠绿的棋,远看像一幅优美的稻田图。我们伴着花香一路走来,那里的空气充满了甜甜的糖果味,甜到让你舍不得离开这里,甜到让你像是吃了无数蜜饯,甜到让你开心,甜到让你把昨日的疲惫、沉痛都一扫而光。在这里,一股清泉自山顶而下。此时,此境更像是王安石所说的:一水护田将绿绕,两山排闼送青来。如果

你在这儿住下，望着这满山风景，真可以叫作归隐田园。

接下来我们便去爬山，到山上可以看到那一望无际的西子湖。刚刚好，下了雨，为西湖蒙上了一层神秘的面纱，令人更向往了。雨滴滴答答地绕进西湖一艘渔船的里面，真可谓是：黑云翻墨未遮山，白雨跳珠乱入船。倒有点像一幅优美的水墨画。不一会儿雨停了，再看此时的西湖，明媚阳光洒在湖面，似乎告诉着我们，要努力向上，不要被困难绊倒。无论何时都要像这西湖一样，相信一定会有一道阳光照开心中的迷茫。西湖的对面，群山环绕着，从我们这个角度看就像是"卷地风来忽吹散，望湖楼下水如天"。美，极美！

旅行给人们带来的远不止这些，今日的你望着这美丽无际的西湖，昨日的你望着翠色欲流的森林，明日的你望着夜空中闪闪落落的繁星，这时候你可千万别忘了，这些都是大自然带给我们的财富。

旅行唱响生活的快乐歌，让生活更美好。

我在杭州过大年

一道美丽的阳光洒向这个美丽的世界，此刻的杭州，路灯上挂满了火红的灯笼，到处充满着年味。今日是除夕，大家应该都知道除夕的来历吧！

无非就是传说中有一只叫夕的怪兽祸害百姓，总是在春节前出现。百姓听说只要把他除了，一年就会风调雨顺，所以那一日便叫除夕日，也就是阴历一年的最后一天。在除夕这一天晚上，大家都玩得特别高兴，一直守到零点便是新的一年了。在这个过程中，我们可以看春晚，窗上墙上贴满对联与福字，这个过程也叫守岁。

第二天早上，我去亲戚家拜年，拜年时要带礼上门，见到亲戚时，可以送祝福，人家心情好时，还会给我压岁钱呢。到了傍晚，我们会听到鞭炮响起的声音。哦，对了，新年要穿新衣服，毕竟爆竹声中一岁除，春风送暖入屠苏，千门万户曈曈日，总把新桃换旧符。

到了大年三十的最后一缕阳光散去，就要吃年夜饭了，过程中总有一些有趣的事情发生。

月光像银光似的洒向这个城市，为这座城市打扮了半树银装,年他悄悄地来又悄悄地溜走,只在城市那些火红的灯笼上留下他的痕迹。

向国旗敬礼感言

"今天是你的生日，我的中国。"一句歌词从窗外传到我的耳朵中，原来今天是庆祝中华人民共和国成立71周年的日子——10月1日。于是我早早起床，在7:50分左右来到迈达商业中心的升旗台准备升国旗仪式。"起来，起来，起来。"伴随着嘹亮的《义勇军进行曲》，鲜红色的五星红旗缓缓上升，并在微风中飘扬。当我看着这面鲜红色的五星红旗时，就像看着一位老者讲述中国沉重的历史。

1931年9月18日，日本在沈阳制造九一八事变，拥兵50万的东北边防总司令张学良不战而退，日军强占我国东北，在3个多月时间里占领我国东北全境，实行杀光、烧光、抢光的"三光"政策，所到之处横尸遍野，使3000多万名同胞沦落在日军铁蹄之下。

1935年11月，日本唆使汉奸殷汝耕在通县成立"冀东防共自治委员会"。冀东22个县宣告脱离中国政府管辖，沦为日本控制区，促使北平学生爆发"一二·九"抗日救亡运动。

1937年7月7日，日军制造卢沟桥事变，也就是七七事

变，从此开始全面侵华，之后日军以重兵三路进攻华北。

1937年12月13日，日军攻下中华民国首都南京，进行惨绝人寰的大屠杀，在6周内烧杀淫掠，杀死30多万手无寸铁的中国军民，烧毁南京1/3的房屋，造成了城内几乎无中国人的惊人局面。

1938年5月，日军占领徐州并在城外制造数起屠村事件，其中有数名小女孩被奸杀、掏心生吃，令人骇然。

1949年10月1日，历尽磨难的中国人终于盼来了新中国的成立。我想：只要团结一致，没有什么能够阻挡中国人民前进的步伐。而生在现在的我们享受着和平的世界，更要努力学习，更好地造福祖国，成为新时代的创造者，但我们永远不会忘掉那段耻辱历史，所以我们要努力做得更好。加油！

姐姐的背影

那是一个寒冷的冬天，奶奶告诉我姐姐上中学了，不能再来和我玩了。我的心都凉了，这个冬天让我感觉到异常寒冷。

记得上次与你相见，也是在一个冬天，望着你离去的背影与你告别。记忆里，你有着乌黑发亮的长发、淡红的嘴唇、迷人的笑脸。我曾对你说过："你是我最最最喜欢的人。"

有一次，你到我家来玩，告诉我，这个阳台是我们的秘密乐园，我不知道有多开心，可是我不知道这是我们最后一次玩耍了。你总是在我最困难的时候给我最大的鼓励，这也让我越来越喜欢你，想想我们经历的种种事情吧！姐姐，你愿意再来玩吗？

我和我的表姐一起面对过困难，一起哭过，一起笑过。

有人说："连送别都要哭，真没用。"这时我真想大喊：难道亲眼望着表姐远去的背影，你不会心疼吗？看着自己最最喜欢的人离开，你不会伤心吗？"

到了姐姐中学的门口，亲眼看着姐姐离开的背影，我……

蚂蚁王国历险记

一天,我正在津津有味地吃着冰棍、看着漫画书,突然被一阵香气迷晕了过去,醒来时竟然变成了一只小蚂蚁。

"这是怎么回事?"我大叫,连忙爬到镜子前。望着镜子里的自己全身漆黑,我暗叹道:"我居然变成了一只小蚂蚁! 这到底是怎么了? 也罢也罢,反正我也想去见识见识蚂蚁王国,就借这一次机会去看一看、瞧一瞧吧!"说完我就走着轻快的步子爬到了我的房间,我先来到了书桌上,原来蚂蚁的视角是这样的啊! 我感叹道,原来没比我手掌大多少的书,现在在我的视角里竟然变成了摩天大楼。我慢慢地顺着书架的边爬了上去,从那上面往下看一切都是那么渺小,突然一阵大风吹来,我看到架子上有一片树叶,于是我就产生了一个念头:"要不,我就用树叶当作降落伞跳下去吧!"说干就干,我拿起那片树叶,握着叶柄跳了下去,结果一点都没有事,我开心坏了。

到了地上我发现了一个洞便钻了进去,竟然来到了蚂蚁王国。我先遇到了蚂蚁王国的守卫兵。我想进去,它便拿出了石矛把我拦在了门外,还气势汹汹地说:"请你把蚂蚁王国的出入证拿出来。"我惊讶地说了一声:"啊?"又自觉地在身上摸来摸去,竟真的摸到了一张卡,于是就把这张卡给它看,它看了一眼却气愤地说道:"好你这个家伙,是别的蚂蚁王国派来抢粮食的对吧!来人啊,抓住它!"我听了这句话后撒腿就跑,嘴里还嘀咕道:"不是这个吗?"眼看士兵就要追上我了,我心想:"完了完了,这次真的死定了。"突然,一个绿色的身影飞了过来把我接住。我再次睁开眼睛已经在一片草原上了。我问那个绿色的身影:"你是谁?"它说:"我叫小绿,是一只蚂蚁,你叫什么?"我说:"我叫小黑,是一只蚂蚁,你救了我,以后就是我的朋友了。"小绿开心地跳了起来说:"朋友你真好,你是我的第一个朋友。"说完它拿起了一把吉他,忘我地弹了起来。望着月色,我很想问它:"你为什么要救我?"但看到它那么深情地演奏着,还是不忍心打断它。突然,我又感到天旋地转。转眼,我又变回了人。一切就像什么都没有发生过一样,我还是吃着冰棍,看着书,可这段经历我永远也不会忘记,也不可能忘记。

从这以后,我常常会想起那次经历,隐隐有点期待:下一次,我会变成什么?

蔬菜王国历险记

从前,有一个蔬菜王国,有许许多多的蔬菜,当然他们也有个国王。在人类世界有个男孩叫航航,航航是个不爱吃蔬菜的人,可是在他睡觉的时候,竟然来到了蔬菜的世界。

"哎哟,这是什么地方啊?"航航大叫。这时有一个玉米大叔到了他身边,奇怪地问:"你是谁,怎么会来到我们的蔬菜王国?"航航说:"我叫航航,来自人类世界。""什么,你是人类?"大叔惊讶地说。"怎么了,从盘古开天辟地,第一次谁有怀疑我不是人类,真是一叶障目,孤陋寡闻。"航航说。"那你跟我来吧!"玉米大叔说,并让航航跟上。

玉米大叔说:"国王,这是个不爱吃蔬菜的人类。"航航反驳道:"你怎么知道我不爱吃蔬菜?"玉米大叔说:"因为能到这儿来的,都是不爱吃蔬菜的。"这时,国王发话:"把他关进监狱,永远不能出去,除非他吃蔬菜,否则将永远留在蔬菜王国。"航航听到后马上吓得浑身发抖,结结巴巴地说道:"国……国王……我吃蔬菜,我吃蔬菜,别把我关进监狱好吗?"国王这时说道:"那我就姑且相信你一次吧!"

于是国王吩咐玉米大叔拿了一盘蔬菜过来,航航吃下了蔬菜,说:"这儿的蔬菜真好吃,还要还要。"

突然,妈妈叫了一声:"航航,起床了。"航航才发现在做梦,不过现在航航已经是个爱吃蔬菜的小朋友了。

会飞的鱼

从前,有一条叫小丽的鱼,她看着天空中在飞的小鸟对天说:"要是我也会飞就好了!"

就在这时,天上的仙子飞下来对小丽说:"你就是那条想要飞上天的鱼吗?""是啊!我是。"小丽回答道,"你有什么办法能让我飞上天吗?"仙子回答道:"你要先找到人鱼公主,要她的眼泪,完成这个任务后我再告诉你下一个任务。"说完便扬长而去。

小丽听到后便想起妈妈说的话:"要想找到人鱼公主,就必须到水母山洞。"于是小丽就踏上了寻找水母山洞的路,她走啊走,走啊走,终于到了水母山洞前。可是她发现有一条鱼被困在这儿,便去找水母帮忙搬来石头,把鱼救了出来。小丽问她有没有事儿。被救的鱼说:"谢谢你救了我,你要去哪儿啊?"小丽说:"我要去人鱼宫殿。""哦!那个地方啊!我带你去吧!"说着便拉着小丽走了。到了那儿小丽说:"请问人鱼公主在吗?"小丽救的那条鱼说:"我就是人鱼公主。"小丽激动地说道:"原来你就是人鱼公主啊!给我你的一滴眼泪可以吗?"人鱼公主微笑着说:

"当然可以。"于是小丽得到了人鱼公主的眼泪。就在这时那位仙子过来了,说:"只要你把它喝下去就可以了。"

小丽听了仙子的话喝下了眼泪,便飞了起来。小丽开心地说道:"我终于会飞啦!"

眼镜人

嘘！告诉你们一个小秘密，我不知在什么地方遇到一个奇特的生物，因为他与我们生活当中的一件物品特别像，因此，我给他取名为眼镜人。如果你要问我怎么发现的，我就用最小的声音告诉你吧。

那天早晨，我正在玩弄妈妈新买的太阳镜，那眼镜好漂亮，玫瑰金的镜架，反光的镜片，那身形就更别说了。"这太阳镜可真美呀！"我吃着糖果感叹道。突然，我的手一滑，眼镜"啪"一声碎了。我惊呆了，连忙把它拿起来，正想着怎么把它补好，却又迷迷糊糊地睡着了。

过了一会儿，熟睡中的我突然听到了几声脚步声，我心想不对，便坐了起来，准备看看到底是怎么回事。当我睁开了眼睛，顿时惊呆了，我正坐在眼镜做的床上。我大惊，连忙转身一看，顿时又张大了嘴巴——我身边还有四个眼镜一样的东西抬着我走。突然，我眼珠子一转想到了一个办法，可以让我从床上逃脱。等队伍到了河边，我将身一扭，翻入河中。见那些眼镜人大叫，我心中不禁暗笑。我正开心时，眼前忽然又出现一个东西，我心想这东西在哪儿看到过呢,还没等我想明白便晕了过去。

等我再次睁开眼一看,我怎么又回来了?看到桌上那破碎的眼镜,我才猛地想起刚才那个在水中的东西,原来就是这个眼镜啊!当我刚想和那眼镜说声对不起时,突然又听到一个更熟悉的声音。"不好!!!下次见。"

时 光 老 人

　　现在的世界变得非常污浊。鸟儿再也不会快乐地歌唱,浑浊的小溪暗暗哭啼,树木弯下了腰好像在说:"不要再污染大自然了,你们只知道考虑自己的快乐生活,但考虑过自然的损失吗?"烟笔直地上升,连风也懒得吹过这个世界。与此同时,冰川融化,大地干裂。

　　这天,我好像听懂了它们的心语,决定去看看十年前的世界。于是,我去求时光老人,让他把我送到十年前的世界里看看。

　　来到十年前的世界,我大吃一惊,"啊! 好美啊! 这是世界吗? 我看是天堂吧!"我赞叹道。人类和动物和平共处,鸟儿在树枝上欢快地歌唱。小溪咚咚地流淌,唱起动听的歌谣。树木挺着笔直的腰,风快乐地吹过十年前的世界。当我正入迷时,时光老人说了一声"时间到",我便回去了。

　　看过十年前的世界,就觉得现在的世界变得十分污浊。看到随处可见的污水、不再唱歌的鸟儿,我突然变得十分勇敢,对现在的人说:"不要再破坏环境了! 鸟儿不会再歌唱,你们感觉到了吗? 小溪在流泪,你们看到了吗? 十年前的世界多美,可现在的世界多么污浊,让我们一起用双手来创造十年前的美景好吗?"人们听了我的话都沉默了,过了一会才一起说:"啊,那我们携手共进吧!"于是就开始行动了。

就这样,十年过去了,世界变得更美了,人们还唱着一首歌:地球是我们的家,不让它变污浊,大家一起来行动,保护环境靠大家……我心想:多亏了时光老人带我去看了十年前的世界,不然还不知道十年后的世界会变得多么污浊不堪。

《包身工》读后感

　　《包身工》是中国现代作家夏衍于1935年创作的一篇报告文学,主要讲了这样一个故事:20世纪30年代,在上海日本人开设的纱厂中,一大批被骗来的无知农村少女被以一种奇特的方式包给了带工的老板,因而称作"包身工"。

　　到这里,我不禁义愤填膺:包工头在招工时,会尽量把工厂的条件和待遇说得如何如何好,使正因吃不饱、穿不暖而走投无路的女孩子家长或女孩自己信以为真,从而家长同意自己的孩子跟着包工头出去做工。家长和包工头之间要签订一个包身文字契约,契约中写着包工时间为三年。三年中女孩做工的全部工资归包工头,由包工头负责女孩的生活费用,而且包工头每年还要给女孩父母一些钱,作为父母把孩子包出去的"包身费"。可到了工厂,不像包工头说的那样,她们过着猪狗不如的日子,如女主角伤风都要被打着出去干活,还被老板娘倒冷水,以至于手脚瘦得像芦柴棒一样，于是大家拿"芦柴棒"作为她的名字。

通过这篇文章，我看到了中国沉重的历史，我听到了劳动人民的呻吟，我知道了以前劳动人民的伤和痛。这些是我们永远体会不到的，我们应该好好珍惜现在的生活，好好过完每一天。

从这篇文章中我体会到了芦柴棒的艰辛，才十几岁的年龄就被送到工厂开启了地狱般的生活。而十几岁的我们，坐在教室里，向着阳光，听着老师教书。芦柴棒当个包身工每天吃不饱睡不暖，生病了还要起床干活。我看到了当时社会的险恶与黑暗。

我庆幸生在现在这个和平的社会，我明白了，只有自己强大了，别人才不会欺负你。想想我们现在的一切都是革命先烈用鲜血铺成的，作为少先队员，我们理应阳光向上，努力学习，将来报答祖国，扫尽一切黑暗势力。

《包身工》读后感

《狼王梦》读后感

　　《狼王梦》主要讲述一只名叫紫岚的母狼为了完成公狼黑桑生前夙愿，而努力训练自己孩子的故事。所谓女本柔弱，为母则刚。故事中体现出作为母亲的伟大与坚强。

　　黑桑死后没过多久，紫岚这只美丽的狼突然发现自己怀孕了，对于紫岚来说是又喜又忧。它有种做母亲的幸福感和神秘感，同时也在为还没出世的小宝贝的命运深深地担忧，也担心自己没有足够的奶水哺育小宝贝。

　　为了防止小宝贝出生后没有足够的奶水吃，紫岚决定去养鹿场偷鹿吃，一天傍晚紫岚拖着重重的身体来到了鹿场，可前脚还没踏进鹿场就被一只大白狗和猎人给盯上了。紫岚转身想逃，可就在这时它突然感到腹部一阵阵疼痛，它感觉自己应该要分娩了，可后面的猎人和大白狗穷追不舍。为了能够顺利躲过这次劫难，它决定用假死的方法来骗过他们。

　　大白狗和猎人走后，紫岚顺利地产下了五只可爱的狼崽，这时，大白狗转了回来，看到了这一幕发现自己上当了，顿时怒火冲天地要和紫岚对战。为了保护自己的孩子不受到伤害,紫岚拖着疲惫的身体与大白狗对战起来,尽管紫岚只有三分力气但还是把大白狗打得狼狈不堪,大白狗失败后灰溜溜地逃回自己的狗棚去了。

这时狂风暴雨大作,紫岚飞快地把自己的孩子一只只叼到山洞里,可是当叼到最后一只时,这个小生命已经奄奄一息了,紫岚只好忍着伤痛去照顾另外四只了。

四只狼崽三公一母,老大长着一身黑色的毛,取名黑仔;老二的背上毛色有点蓝,取名蓝魂儿;老三半身黑色,腹部是褐色,取名双毛;最后一只母狼长着一身紫毛,取名媚媚。

由于老大长得太像死去的黑桑了,紫岚认为它就是下一代的狼王之选,所以它特别受宠,也因此遭到弟弟、妹妹的妒忌。同时这也慢慢让它失去了狼性,后来在玩时被金雕给吃了。紫岚特别伤心,之后没有办法只好训练蓝魂儿了,可是没过多久蓝魂儿被捕兽夹夹住了,紫岚为了自己的孩子不被猎人俘虏,亲自咬断了它的脖子。这时的紫岚已伤痛欲绝,转身看看身边仅剩下的两个孩子,把这份丧子之痛深深地埋在心里,立志要把最为懦弱的老三双毛培养成狼王。经过紫岚的精心培训,双毛的狼性显现出来,然而就在紫岚与狼王争夺王位时不幸被狼王咬死,瞬间死神再次降临到它的孩子身上。紫岚的梦想化为泡影,这时只剩下了媚媚,但是它是只母狼。紫岚想:虽不能继承王

位,但可以繁衍后代,还是有希望的,可就在媚媚生产时金鹰来袭,为了保护自己的女儿和孙儿,紫岚选择了与金鹰同归于尽。

通过这个故事,我明白了做母亲的艰辛和自然界的爱,我知道了爱是无边无际的,哪怕是一只蚊子,在它的孩儿遇到危险时也会拼尽全力地保护自己的孩儿。

《窗边的小豆豆》读后感

　　这本书主要讲了小豆豆因为淘气从原学校退学,来到了巴学园。巴学园小林校长经常对小豆豆说:"你真是个好孩子。"紧接着奇怪的事情发生了,原本淘气的小豆豆逐渐变成了一个大家都能接受的好孩子。这可多亏了小林校长的爱护和引导,小林校长还帮小豆豆建造了一个良好的基础。

　　巴学园有着与众不同的校长,小林校长不像其他校长一样严厉,上课只是诵读。相反他很慈祥,第一次见到小豆豆的时候,他微笑着对小豆豆讲了四个小时的故事,小豆豆竟然没有一点想打瞌睡,他还对小豆豆说:"你真是个好孩子。"

　　巴学园还有着与众不同的午餐。每次吃饭前,小林校长都会问同学们有没有带装着海的味道、山的味道的饭盒。

　　巴学园还有着与众不同的教学方式,一般的学校都是按时间段有顺序地上课,比如第一节课上语文的话就上语文,第二节课上数学的话就上数学。可巴学园却是在第一

节课开始的时候,女老师就把当天要上的所有课程,还有每一节课要学习的所有问题点,满满地写在黑板上,然后说:"开始上课了,从你喜欢的那门课开始吧。"于是小朋友就从自己喜欢的那节课开始学习,这样老师就会知道每个人的兴趣爱好所在。

在这本书中我最喜欢的就是小林校长,因为他懂得尊重孩子、爱护孩子,让孩子觉得学习特别有趣。还运用了别的学校没有的特别教育方法教育孩子。

在最后一章"再见再见中",小林校长站在一个地方亲眼看着巴学园被毁灭,但他却说:"噢,下一次我们办一个什么样的学校呢?"由此可见小林校长对孩子们的爱,以及他对教育的热情,比正在吞噬着学校的大火还要巨大,还要炽热。校长心中仍然充满了信念与力量。

当我看完了小豆豆的最后一个童年,回顾了黑柳彻子的快乐时光,我对接下来我要奋斗的目标更坚定了。

《祝福》读后感

在《祝福》中,我最喜欢贺老六,因为他是一位非常善良的人,从娶了祥林嫂开始就一直保护她,直到生命的最后一秒。

贺老六的种种表现,让我体会到了他是一位十分坚强的人。他有病了也不说,这样做的原因只是不想让自己的妻子担心。

《祝福》主要讲了祥林嫂的丈夫"祥林"早年去世,死后他的棺材越做越大,钱也越付越多,那钱多得让祥林嫂的婆婆承受不起。于是,婆婆就决定让她的儿子阿根娶妻子,得到钱来还棺材的钱。这时,卫老二来了,对祥林嫂的婆婆说:"把祥林嫂卖给贺老六就可以得到很多钱。"因为棺材要付的钱太多,所以她婆婆就答应了。阿根得知后将此事告诉了祥林嫂,心中无比凄凉的祥林嫂连夜出走。

在第二天早上,祥林嫂遇到了老朋友阮嫂,阮嫂推荐祥林嫂去鲁府工作,身无分文的祥林嫂答应了。当祥林嫂在鲁府工作正熟练时,婆婆找上门来把祥林嫂领走,叫她去成亲,祥林嫂一气之下差点闹出人命,好在她的新丈夫

贺老六是一个十分善良的人,每天给她吃得饱饱的、睡得香香的。不久祥林嫂就生下了儿子阿毛,可好日子过得并不长久,贺老六和阿毛接连死亡,彻底把祥林嫂的人生推向谷底。

后来,祥林嫂又回到鲁府,可这次鲁府太太这个不让她摸,那个不让她碰,鲁府老爷说她是白虎星、克夫命。不只是这样,刘嫂还吓唬她说:"等你死了以后,阎罗王要把你砍成两半。"跟她说只要到庙里捐一条门槛就可以转运。于是,祥林嫂为了积攒10吊钱的门槛费拼命干活,一年到了终于攒够了门槛钱。祥林嫂兴高采烈地见人就说:"捐了,捐了。"本以为这样自己就不再是白虎星了,可新年来临时,鲁府摆起了各种各样的祝福礼,祥林嫂也高兴地端了条鱼上来,可刚到门口就被鲁府老爷拦了下来,他骂她不管怎么样也改变不了她扫把星的命运,而且还把她赶出了鲁府。祥林嫂一气之下拿刀去砍门槛,这时庙主出来了,拿起木棍朝她打去,祥林嫂在紧急之下逃走了。

从此,善良勤俭的祥林嫂流落大街走向了乞讨的生活。终于,在一个北风呼呼、大雪纷飞的新年夜晚,祥林嫂听着孩子们的鞭炮声、欢笑声倒下了,再也没有起来。

通过《祝福》,我体会到了旧社会的辛苦,懂得了现在生活的来之不易,意识到了应好好珍惜现在的时光。

沈馨婷

寻

这是一个与世隔绝的小镇,四面环山,想要出去,就要用两天两夜去翻山,附近方圆百里内人迹罕至。这儿空气清新,古色古香,一切都显得那么幽静、和谐。

小镇中的一个村庄里,有一对从小玩到大的伙伴,女孩子叫许鹿,男孩子叫薄战。许鹿在四岁时遇到了大她三岁的薄战,此后他们两个便一起玩,一起闹,一起哭,一起笑……

女孩和男孩长大了点,被父母送进了小镇唯一的学堂。那段时间里,许鹿与薄战总爱往小镇出名的茶馆跑,时间长了,茶馆的老板也认识了他们。这天放学,他们一起跑向茶馆,中途还不忘互怼两句。老板见了他们,开口道:"小子和丫头来啦?位置给你们留好了,快去做作业,免得你们先生骂!"许鹿嘟囔道:"知道了大叔,这就去!"老板笑着挥挥拳头,"威胁"道:"嘿!你这丫头,快去!"许鹿冲着老板做了个鬼脸,跑向了"专座"。薄战对老板笑了笑,道:"谢谢大叔!"抬脚跟上了许鹿……

又过了几年，男孩成年了，他准备翻过山去到外面的世界打拼，他告诉了所有人，却单单没有告诉许鹿。然而不知怎么的，许鹿还是知道了，薄战本以为爱哭的女孩会来自己面前哭闹，但许鹿并没有来。在薄战出发的前一个晚上，他去了他与许鹿第一次见面的地方，这是西面的大山，四面最高的大山，本就无人问津的大山，更没人会爬到顶峰，却不知这山顶上别有洞天：满地的紫色满天星和一棵樱花树。正值夏至，樱花树上满是粉粉的花瓣与淡黄的花蕾，地上是紫色的满天星，微风一吹，樱花的芳香就钻进鼻中。紫色的满天星仿佛与深蓝的天空连在了一起，明亮的星星和三五成群的萤火虫一眨一眨地"盯"着满天星。小时候，他们最爱在这儿玩，经常玩得夜不归宿，哪怕被禁足了，也要变着法子溜出去。他们在樱花树上装了个简易的秋千，许鹿最爱坐在秋千上，让薄战一下一下地推着她。

薄战抬眼就看到了坐在秋千上的许鹿，许鹿看到了薄战，再也忍不住了，眼泪如同断了线的珍珠般落下，薄战不知怎么开口，许鹿带着哭腔开口了："你要出去？你干吗要出去？你不知道之前出去的人都没有回来过吗？你也打算不回来了？"薄战无奈道："爱哭包，别哭了！等过几年，我就带你一起去城里，听说那里有很多好吃的好玩的呢！"许鹿眼里满是泪珠，她半信半疑道："真的吗？"薄战坚定地说："真的，保证哦！"许鹿伸手擦干泪珠："好，我相信你一次!"两个"孩子"又笑了起来……

第二天,薄战要出发了,全村人都来送他,除了许鹿……薄战与大家一一告别后,背着行囊出发了,忍不住来看一眼的许鹿只看到了他那模糊的背影……

又是两年后,许鹿也成年了,薄战却没有回来……

又是两年后,薄战依旧没有回来,许鹿忍不住了,在一个夏季的大雨夜,她什么也没带,也没和谁说,就只身一人去寻找薄战了……

三年后,薄战回来了,他去了那家茶馆,眼尖的老板看到了他:"你是……小子!"薄战笑道:"大叔!"老板也笑了:"唉! 现在这么叫才对! 哎! 对了,丫头呢?"薄战道:"我一回来就到您这儿来了,还没去找她呢!"老板满是震惊地看向他:"丫头三年前就去找你了,你……没见到她?""什么?"薄战听完转身就跑。

但令老板和薄战都意想不到的是,其实那天许鹿也在茶馆,但是薄战和老板没有看到许鹿,而许鹿也没有看到薄战。离开茶馆后,两人又先后去了西面的山顶,中间仅仅差了十分钟!

许久之后,一个夏至的夜晚,西面的山顶上,还是那片紫色的满天星,还是那棵开满樱花的樱花树,还是那个秋千,还是那些萤火虫,还是那片夜空,还是那些星星,只是……曾在这儿玩耍的少年与少女,不在了……

有你，真好

窗外时不时吹过的一阵儿小风，吹得樱花树上的樱花摇摇欲坠。淡淡的花香透过窗户飘了进来，棠玥趴在课桌上看着窗外的风景，竟觉得有那么一丝趣味。

"棠玥，你上来把这句话翻译一下！"英语老师鲁老师把教鞭往后一指，棠玥瞬间起立，愣了愣，迅速走上讲台，接过老师手中的粉笔，流利地写了一串英语，放下粉笔，走回座位，一系列动作一气呵成。鲁老师叹了一口气："有些同学上课不听都能回答出来，而有些同学听课都写不出来，这就是差距！"棠玥看了鲁老师一眼，却意外地瞟到了旁边那个空荡荡的位置，那个位置，本是属于她的，冷漠的她心里竟觉得空落落的。

"啊！啊！别！别打了！"那时才初二的她是被同学欺负的对象，她，棠玥，现在又被堵了，为首的女生恶狠狠地对她说："白长这张脸了，有什么用！活该被欺负！"她顿了顿，对身后的女生说了句："上。"一群女生围了上去，对着棠玥拳打脚踢。"你们在干吗？"少女的声音懒洋洋的，很悦耳。只见少女伸手把棠玥拉了起来，为首的女生惊讶地说:"居然是云锦！快走！下次,她逃不了的!"云锦看着她们逃走了,才回头看了看棠玥,棠玥清秀的脸上满是泪痕和乌青,好看的连衣裙上也满是泥沙,但也不难看出棠玥很美。她的美和云锦的美不一样,棠玥的美是那种温温柔柔的,有着一种大家闺秀的感觉,而云锦却和棠玥相反,她的眉宇间更透露出一股英气。云锦皱眉问道:"你没事吧?"棠玥抽搐着道:"没,没事,谢谢你!"云锦拉住了棠玥:"你伤得不轻,我叫你爸妈来。"棠玥摇摇头:"不用了,他们早离婚了,不要我了!"云锦愣了愣,拉着棠玥返回教室。这时已经放学了,教室内空无一人,橙黄的阳光照在桌椅上,云锦拿出碘酒和棉签为棠玥处理伤口,棠玥身上有着零零散散十几道伤口,云锦对此也感到不可思议,她看着一声不吭的棠玥,问:"你不痛吗?"棠玥叹息:"痛,但麻木了。"云锦沉默了。过了一会儿,云锦说:"好了,你家在哪儿？我送你。"棠玥满脸平静:"我没家,住校。""巧了,我也是。"云锦拉上棠玥往宿舍走去,走进407宿舍后,棠玥小声说:"这不是我房间。"云锦满不在乎地说:"我知道,你去申请换宿舍。"棠玥:"好。"云锦突然转头,严肃地看着棠玥:"以后有人欺负你,你就对着她的鼻子狠狠打,剩下的,交给我。"棠玥:"嗯嗯。"云锦叹了口气:"睡吧。"

第二天放学,那群女生再次拦住了棠玥,那个为首的女生说:"呵,今天云锦不在,看谁护得了你!"棠玥闭上眼

睛,对着她的鼻子来了一拳。"啊!"其他人见老大被打了,瞬间围了上来,棠玥的气势又弱了下来。"我说了,剩下的交给我。"云锦的声音响了起来。"是云锦!""云锦怎么来了?!""怎么办?"云锦笑着说:"我来给我家小朋友撑腰啊!""快跑!"不知道谁喊了一句,一群女生一窝蜂似的跑走了……晚上,棠玥躺在床上,她和云锦谁也没说话。过了一会,棠玥先打破了沉默:"云锦,有你,真好!"云锦:"嗯。"

第三天,"棠玥被校霸云锦罩着了"的消息在全校传开了,棠玥趴在课桌上,听着传闻,满脸无语。班主任袁老师走上讲台,大声说:"同学们,咱们班来了一位新同学,大家欢迎!"棠玥抬眼望去,云锦和老师讲了几句话,便走到棠玥身边,她敲敲棠玥旁边的空位说:"我坐这儿了。"棠玥点点头:"好。"过了一会儿,棠玥问:"你怎么来八班了?你不是一班的吗?"云锦满不在乎地说:"来保护你。"棠玥嫣然一笑:"那麻烦你了!"云锦不明显地笑了笑。

晚上,云锦对棠玥说:"以后,我教你散打、柔道和跆拳道。"棠玥说:"好。"

从那天起,云锦和棠玥白天一起去教室,上课听讲互相督促。晚上一起回宿舍,云锦会教棠玥散打、柔道、跆拳道。云锦教棠玥坚强,棠玥教云锦温柔,她们发誓要考上一所高中,永远做同桌。

可，不幸，发生了……

在初三那年，她们一起去逛街，却见一辆大货车要闯红灯，而人行道上，还有两个五六岁的孩子，大货车径直撞向了两个孩子，云锦立刻扔下手中的购物袋，一下冲向了马路，一把推开了两个孩子，而大货车，径直地碾在了她身上……

"叮铃铃"，下课铃打断了棠玥的思绪，她若有所思地拿出一张白纸，在上面写了很多，她回到宿舍，拿出一个小铁盒，她从中拿出许多纸张，又带上打火机出发了……

她先是坐了几趟地铁，又坐了几趟公交车，最后又打了辆出租车，才到达了目的地。她慢慢地爬上了山顶，来到一座坟墓前，一张张烧着纸，她再也撑不住了，崩溃地哭了起来……

过了一个小时，棠玥摇摇晃晃地起身，向下慢慢走去。泪水模糊了她的双眼，她现在只能勉强看清眼前的路，但超强的听觉让她感受到草丛中有东西，她赶紧擦干眼泪，朝草丛望去，却见一条眼镜蛇朝她缓缓爬来，棠玥一下坐到了地上，失声叫道："别，别过来！"眼镜蛇吐着芯子朝她爬来，张嘴就要咬，却突然躺在了一边不动了。棠玥爬近一看，眼镜蛇已经死了，而且死相极其奇怪，头已经不连着身体了，尾部被刀子一样的东西划了好几刀，棠玥捂着嘴，眼眶红了，云锦之前也杀过几次蛇，而刀法和眼镜蛇身上的一模一样,棠玥跌跌撞撞地站了起来,冲着一个方向跑去,她张开双臂,好像真的抱到了云锦了,棠玥无声地哭了:"云锦,有你啊,真好!"

七芒星

听 闻

十几岁的少年,什么都来得很纯粹,喜欢总是轰轰烈烈,想摘星也总是义无反顾。

——题记

南方的8月,骄阳似火。中午时分,太阳把树叶都晒得卷缩起来。知了扯着长音聒个不停,给闷热的天气添上了一层烦躁。

屋内,陆延翻了个身,与天气同样烦躁地抓了抓触肩的长发。陆母敲了敲房门,温声说:"小延,起床了。""嗯。"陆延不耐烦地回答道。陆父走了出来:"又不是第一次出远门了,他能照顾好自己,何况都是成年人了。"陆母不放

心地说:"有事去找你伟哥。"陆延没应,陆母又说:"我们尽量在你生日之前回去。""好。"陆延有了反应,他光脚踩在地板上,推开门,倚在门栏上,睡眼蒙眬地说:"快去吧,我没事。"陆母又不放心地看了他一眼,和陆父走了。

陆延走回床边坐下,又眯了一会才慢悠悠地换好衣服走出房门。在桌旁坐下,吃了几口早餐后,晃到大门边,他打开大门,就见隔壁601大门大敞,屋里乒铃乓啷的,应该是在装修,陆延绕了过去,走下了楼。

走到三楼,陆延停了下来,他抬手打了个招呼:"伟哥!"站在楼梯旁一个浑身肌肉的男人把手机拿开,把口中的烟取下,中气十足地说:"早啊延弟!"陆延凑过去,随口问了句:"伟哥,我隔壁那间是换人了吗?"伟哥满脸八卦地凑近陆延,故作神秘地说:"据说啊,那是肖家大少爷肖珩!和肖启山闹翻跑出来的!"陆延一愣:"肖珩?"伟哥看着他,惊讶地问:"你不知道吗? 就是那个电脑天才,肖珩!""啊,行,我知道了。"陆延说完,转身离去。

陆延去飞跃路二号地下防空洞里转了几圈,又和自家乐队鼓手李振去街上逛了逛才转身回家。路上,陆延又意识到什么,动身前往菜市场买菜。等陆延讲完价要回家时,已经是下午四点多了,陆延一看时间,直奔公交车站,这时正好来了一辆公交车,陆延看都没看,不管三七二十一就上了公交车。当公交车第五次报站时,陆延心里一惊,抬头一看,自己上的是922路公交车,而他回家的公交车显然不是这辆,陆延一拍脑袋,下了公交车,直奔马路对面的公交车站。在路边等车的陆延闲来无事,拿着手机刷微博,看到榜四内容不经意地挑了挑眉,"肖家大少与肖家闹崩"。陆延修长的手指不禁点开了,细细地看起来。文章并不是很长,陆延不一会儿就看完了,内容和伟哥讲的差不多,陆延不禁有点失望。

公交车缓缓地在他面前停了下来,他踏入门内,点开了伟哥刚发给他的信息,只听伟哥微微有点着急地问:"延弟! 你在哪儿了? 怎么还没回来?"陆延略微有点尴尬地说:"我坐错公交车了。"伟哥笑了起来:"哈哈哈哈! 延弟,你这迷路的毛病什么时候才能好啊!"顿了顿,又说:"今晚十点来天台,咱欢迎一下新邻居!""行。"陆延爽快地答应了。

陆延下了公交车来到了小区门口,整个小区只剩下了六幢,其余的地方是一片废墟。拆迁队早就要拆了这一幢,可奈何这幢楼里的人都是"铁板"。他们来一次,大家轰一次。

有人问过伟哥:"为什么要护着这幢楼呢?"伟哥露出了一副陆延从没见过的表情:"因为,这是我们的家。"

居然是他?

陆延迈过一片废墟,走进了六幢。

　　他回到六楼,看着装修的601出神。这时,一个男生从601走出来,男生和陆延一般大,头发刚过耳,长着一张很俊俏的脸庞,透露着强势的丹凤眼中却带着少许的丧气。男生抬眼看来,有些惊讶地问:"是你?"陆延打了个招呼:"你好!"便微微有些愣神,等再回神时他已经坐在自己床上了,陆延不禁有些懊恼:他就是肖大少肖珩?我的新邻居?玩完喽!

　　原来啊,在上个星期,陆延刚起床,来到窗前推开了窗户,睡眼蒙眬地看到了一辆与这格格不入的车。这是一辆改装车,全身银灰色,浑身上下透出一股子有钱的气息,而这辆车的主人——肖珩从车上下来,身着一套黑色西服,手腕上戴着一块价格不菲的手表。陆延一看,误以为是拆迁队的老板来了,心想不妙,赶忙换了衣服准备下楼去拦人。可一开门,这"大老板"已经站在601门前了,陆延伸手把"大老板"拽过抵在了墙上,膝盖抵在了"大老板"的膝盖上,并放出狠话:"你这是想在拆了这幢楼前把人先撵走?没门!"而"大老板"却皱了皱眉:"你是谁?"陆延:"记好了!你大爷我姓陆名延!""你弄错了,我是来找人的。"陆延看着"大老板"脸越来越黑,刚想开口,601大门就被一个女人打开了。两人同时转过头去,女人惊讶地看着两人:"小延?小珩?你们在干吗?"陆延也有些惊讶:"姐,你们认识?"女人点点头:"小珩他是来找我的。"肖珩叹了口气,对女人说:"你先进去。"女人进了屋。陆延松了手,刚想开溜,却眼前一黑,反应过来时,他和肖珩已经对调了个位置。肖珩挑了挑右边眉毛:"嗯? 刚刚不是挺嚣张的吗?"陆延干笑两声,想要推开,却发现肖珩力气大得很,根本推不开。正当陆延绝望时,肖珩笑了一声,放开陆延,转身进了601。

陆延现在回想起来心里都一片尴尬,更何况见到了本人! 陆延起身去做饭,却把几盘菜都炒糊了,而他心神不定,吃了几口竟没吃出味道不对。吃完饭,陆延碗也不洗就躺到床上去了,昏昏沉沉地睡了过去。

聊聊呗?

等再醒来时,已是九点半了,陆延担心不已,愣在床上一动不动。不一会儿,伟哥打来了电话:"延弟! 快来天台,就差你了!"陆延试探地问:"伟哥,我能不去吗?"伟哥:"不行,赶紧的!"陆延:"行吧。"

陆延调整了一下心情,推开门走向了天台。说是欢迎,其实就是伟哥拉上陆延和住在三楼的张小辉带上新邻居一起喝点酒。陆延来到天台时肖珩还没来,陆延忐忑不安地坐下,伟哥奇怪地问:"延弟你怎么了?"陆延:"没,没什么。"伟哥又盯着他看了一会儿,没看出什么端倪来,便移开了目光。

在伟哥微信、电话的轮番"攻击"下,肖珩还是来了。

肖珩饶有兴致地看了眼陆延,和陆延面对面坐下了。伟哥自来熟地拍了拍肖珩的肩膀,语重心长地说:"珩弟,来咱这儿住下了啊,那咱就是一家人了!哥先敬你!"说着拿起一瓶啤酒自顾自地喝了下去,陆延和张小辉纷纷拿起啤酒瓶,陆延喝了大半,放下手中的啤酒瓶,奇怪地看着一动不动的肖珩说:"喝呀!"肖珩满头黑线问陆延:"你们就这么欢迎我的?"陆延理所当然地说:"当然啦!就喝呗!"陆延说完就开始接着喝。肖珩面无表情地看着伟哥喝完一瓶又一瓶,无可奈何地拿起一瓶跟着喝了起来。张小辉酒量不是很好,三瓶啤酒下肚已经趴在桌上不省人事了,伟哥也喝了八九瓶了,开始神志不清地说胡话,他左手搂着陆延,嘴里说着:"你伟哥当年可是美名远扬,现在去随便找个路人打听一下我伟哥的大名,不少人都知道我呢!"陆延一听来了兴致,问:"那伟哥你真名叫什么?"伟哥:"你伟哥大名叫……"伟哥话没说完,就和张小辉一样一头栽在桌上了。陆延被伟哥拉着,头也撞到了桌上,发出"咚"的一声闷响,陆延试图把伟哥拉开,但奈何力气不够大,伟哥也是一个浑身疙瘩肉的强壮男人,陆延根本拉不开他。最后,陆延只好把求救的目光落在了肖珩身上,他无声地向肖珩做了个口型:"救我!"肖珩一口气把瓶里剩下的酒喝完,起身过去把陆延从伟哥的胳膊下"救"了出来,然后,两人开始了一轮死一般的沉默、死一般的凝视。好一会儿过去了,肖珩依旧低头喝酒,陆延忍不住说:"聊聊呗?"肖珩抬头看着他:"行。"两人走到天台边,靠在墙边,吹着晚风,天空中的星星是那么的多,那么的明亮,天空中没有高大的楼层挡着,深蓝的天空一望无际。清幽的月光照在两人身上,使二人看清了对方。陆延率先开了口:"你为什么住这儿?"肖珩:"因为这儿便宜。"陆延一脸惊诧:"你堂堂肖家大少爷会没钱?"肖珩:"卡都物归原主了。"陆延:"哦……你怎么回事?"肖珩轻飘飘地看了他一眼,没说话,陆延也跟着沉默,又是一会儿过去了,陆延问:"那个,之前的事,我向你道歉,别记仇行吗?"肖珩没说话,陆延心想:完了完了,还在记仇! 却听肖珩说:"你把我当什么人了,这种小事我会记仇?"陆延听完一阵庆幸,顿时又不知说什么,立刻转移话题,一指伟哥和张小辉:"还是先把他们抬回去吧! 伟哥住305。"说完连拖带拽地把张小辉从天台上带走了。

等陆延安顿好张小辉,肖珩似乎已经在门外等候他多时了,两人颇为默契,皆不说话,并肩走上了楼,到了六楼,陆延转身进了屋,关门前,听到肖珩低低地说了声:"晚安。"

一夜无梦。

路痴本痴

第二天早上十点多,昨夜喝了整整十瓶啤酒的陆延悠悠醒来,他用力揉了揉有点发涨的脑袋,从床上起来。陆延推开房门,见肖珩屋内还没声音,估摸着肖珩还没起床,犹豫了一会儿,还是伸手敲了敲601的门,几秒后肖珩略带沙哑的声音响了起来:"嗯?"陆延硬着头皮道:"大哥,十点了,起床了!"肖珩:"嗯。"不一会儿,肖珩就出来了,他身上穿着一件素白的衬衫、一条迷彩长裤和一双靴子,虽然都是便宜的地摊货,却愣是让肖珩穿出了高贵感。肖珩双手环在胸前,靠在门栏上,懒洋洋地问:"叫我干吗?"陆延心中一横,说道:"走,大少爷,我带你去看看下城区的风采!"

　　一路上,陆延边走边向肖珩介绍:"本来七区之前也是有商铺的,一到七点就开始吆喝了,好不热闹!后来七区其他楼屋都拆了,只剩下六幢,也没人来卖早餐了,现在去吃个早饭还得跑到其他小区去。""嗯。"肖珩全程一直低垂着眼帘,一副洗耳恭听的样子,只有偶尔会回个"嗯""哦"。突然,他抬起头,目视着陆延的眼睛问:"那你呢?"陆延一时间没反应过来:"什么?"肖珩:"我说,你是做什么工作的?不要告诉我,你这么大个人,连工作都没有。"陆延挠挠头,有些不好意思地说:"我自己组了个乐队,平时做点兼职养养乐队。"肖珩挑了挑眉,饶有兴致地说:"这样啊。"陆延立刻问:"那你呢?大少爷!"肖珩:"我?我大一。"陆延一愣:"啊对,这个年纪是该上学。"肖珩反问:"听你这语气,你早毕业了?"陆延"骄傲"地说:"那可不!我初三上完就毕业了!"肖珩听完,忍不住笑了一下,陆延满脸惊讶地看着他:"你居然会笑?"肖珩对着陆延优雅地翻了个白眼:"市民卡拿出来。"陆延乖乖掏出市民卡和肖珩的对比了下,肖珩说:"你居然还比我小三个月啊。"陆延说:"这这这……"陆延顿了顿,一指:"到了。"说完,飞一般跑不见了。

肖珩独自逛了一圈,发现这个地方虽然穷,但吃的东西却不少,包子、馒头、油条、豆浆、米粥、馅饼、面条、茶叶蛋样样俱全。肖珩走过一家老旧的面馆,想着:陆延那小子跑哪儿去了? 却听见面馆里有人敲了敲玻璃,肖珩下意识回头一看,就见陆延正坐在那面馆里。见肖珩回了头,陆延笑着冲他招了招手。肖珩进到面馆坐下,面馆的老板——一名年过花甲的老妇人端着两碗热腾腾的面走了过来,陆延帮着老妇人把两碗面放到了桌子上,笑着说道:"谢谢阿婆。"老妇人回头对陆延笑了一下,慢悠悠地走回了厨房。肖珩问:"你认识?"陆延低头吃了口面,含糊不清地说:"嗯,经常来她这儿吃面,还不错,你尝尝。"说完又自顾自低头吃面去了。肖珩犹豫了一下,低头去喝了口汤,抬头,看见陆延满脸期待地看着他。"怎么样?"肖珩看了眼他嘴边的油,转身抽了张纸巾递了过去:"还行。"陆延伸手接过纸巾在嘴边擦了几下,再看过去时,就见肖珩正低头一小口一小口地吃面,一股从骨子里透出的优雅从肖珩身上发散出来,陆延不禁想道:他和我们终究不是一个世界的人。陆延回过神,低头去吃剩下的半碗面……

　　吃完面,陆延和肖珩并肩在街上走着,陆延本以为自己一米八三已经很高了,却不承想肖珩还比他高了半个头。陆延正想着接下来去哪儿打发时间,手机响了,陆延拿出手机点开微信,李振给他发了条消息,上面写着:老陆,快来防空洞。陆延回复:来了。陆延灵机一动,对肖珩说:"走! 我带你去看看我平时训练的地方!"肖珩一挑眉:"走!"顿了顿问道:"哪儿?""飞跃路二号防空洞。"陆延拉着肖珩走向附近的公交车站,一辆公交车缓缓停下,陆延低头看着手机,下意识抬腿就往上走,肖珩眼疾手快,伸手拉住陆延衣领往后轻轻一拽:"上错车了,这是922路。"陆延一愣,抬头问道:"那我们坐哪辆?"肖珩一脸无奈:"154路,你平时都怎么去的?"陆延挠挠头:"哦,靠运气,走错了就看导航,近了就知道路了,远一点就让人接一下。"肖珩满头黑线,心想:路痴。看了看远处,轻轻拍了拍陆延后脑勺:"嗯! 来了。"

　　陆延被肖珩带着中途转了趟公交车才到达了飞跃路,陆延不禁想到:有个人型导航还真不错啊! 陆延往前走了两步,回头对肖珩说:"剩下的路,我带你走吧!"

银色子弹

　　二号防空洞很快就到了,陆延推开门对身后的人说:

"进去吧。"肖珩靠在门上对陆延说："不用，我在门口听。"陆延点点头进到了防空洞里面，一个坐在架子鼓前的男人冲陆延招了招手："老陆！这儿！"一个抱着吉他的男生闻声抬头："大哥！"陆延向他们走过去："老振！大炮！"陆延走到他们身边，四处望了望："许烨？"一个和陆延差不多大的男生抱着一把贝斯跑了进来，在陆延面前堪堪停下，狼狈地抬起了头："队长，我，我来晚了。"陆延拍拍许烨的肩膀，开朗地说："没事！反正我也刚到。"李振抬头取笑陆延："哟！老陆，这次你没迷路啊？"陆延立刻"反击"道："哎！老振，这就是你不对了！我也总不至于次次都迷路吧！"李振没说话，陆延看过去，李振脸上写满了"我信你个鬼"。陆延一脸无奈，只好说："开始训练吧。"大炮跳出来："大哥，练什么？"陆延犹豫了一下："银色子弹吧。"李振坐回架子鼓前，大炮和许烨各自抱着吉他和贝斯站好。

前奏响了起来，一声枪声响彻云霄，李振的架子鼓响了起来，大炮和许烨的吉他声和贝斯声也响了起来，陆延略带沙哑的嗓音也很快响了起来："Run, catch up with the silver bullet（去追银色子弹）. Against the wind and the birds meet（逆着风和飞鸟相逢）."防空洞原本嘈杂的环境瞬间安静了下来，防空洞内的人围了上来，站在门口的肖珩也有些愣神，再回过神时，已经站在了人群外围，肖珩抬眼去看陆延，陆延站在人群中也不尴尬，一边唱

一边和观众互动,整个现场好不热闹。

在沸腾的环境中,一首歌到了尾声:"The sky is about to dawn(天将要破晓).Run,I see the sun(不要停,直到追上太阳)."曲终,乐声落下,人群愣了两秒,发出雷鸣般的掌声,也有几人大喊着:"Vent! Vent!"陆延挤过人群,来到肖珩面前:"怎么样?"肖珩:"嗯,还行。"陆延拉着肖珩来到墙边,指着墙上的字说:"看! 我们V团的!"一面墙上刻满了地下乐队的队名、队员,还有一句豪言壮语,只有这个Vent乐队,除了队名和队员名字,其他一个多余的字也没有,肖珩张口想问问,陆延好似知道他的想法:"还没想好写些什么。"一顿,又说:"你来?"肖珩没说话,从地上捡起一块石头往上面刻。刻完,肖珩扔掉石头,拍拍手,往后退了一步,陆延立马凑上前去看,肖珩那瘦长的带着笔锋的字写着:"往上冲吧,直到那束光从地下冲到地上。"陆延愣住了,一时间,两人谁也没说话,直到肖珩拍了拍陆延的肩膀示意他走了,两人才从"石化"中恢复。

这么土的密码

陆延在肖珩的带领下顺利地回到了家,肖珩抬手对陆延摇了摇,转身进了屋。

陆延没做饭,泡了桶泡面充当晚饭吃了。吃完面,陆延坐在沙发上点开微信,乐队群早已是99+了,陆延点开,一条一条地刷了起来。陆延看到李振、大炮与黑桃队队长在群里互怼，忍不住笑出了声，一股困意突然涌了上来，陆延打了个哈欠，扭头趴在沙发上睡着了……

"咚，咚，咚"一阵敲门声将陆延吵醒，陆延赖在沙发上不肯下来，带着浓浓的睡意喊了声："谁啊？"门外的人似乎犹豫了下："是我。"肖珩低沉的嗓音从门外传来，陆延慢吞吞地起了身，边往门口走边说："来了！"走到门前打开门，肖珩正立在门前，陆延斜靠在门上，没好气地问："干吗？"肖珩不骄也不躁，懒洋洋地问："你有电脑吗？"陆延："有，怎么了？"肖珩："工作需要，我暂时没有。"陆延站直身体，侧过身让肖珩进来。陆延几步来到卧室门前，一把推开卧室门，指指电脑："嗯！在那，你坐床上好了。"说完，陆延躺到床上，拿出手机玩，肖珩在床边坐下，熟练地俯身开了电脑，在等待过程中，肖珩听见陆延说了声："电脑好像有点卡，密码是八个八。""这么土的密码？"陆延不再出声，电脑好似要"验证"陆延说的话，显示出了桌面，软件一个也没显示出来，肖珩无语了，这叫有点卡？肖珩没声张，"啪啪啪"快速地敲打着键盘。陆延再抬头时，电脑屏幕上满是"乱码"，陆延没忍住问道："你在干吗？"肖珩头也没抬，回道："帮你修改下电脑代码。"陆延："哦。"陆延转回头，又似乎想到了什么，突然转了回来："你还会这个？"肖珩抬头看了陆延一眼："嗯，我计算机系的。"陆延这次没说话，点点头,走出了卧室。

肖珩依旧坐在床边敲键盘,对于陆延出去了并不好奇,一丝不苟的像一台机器。客厅中,陆延从墙上取下了把吉他,顺手划拉了一下,吉他发出一串连续的音符,陆延满意地点了点头,手指在琴弦间跳跃,发出阵阵跳动的音符。肖珩简单修改完电脑程序,点开编辑软件,客厅里的琴声陡然停了,取而代之的是窸窸窣窣的写字声,一会儿,琴声又响了起来。肖珩往门边挪了挪,探出头往客厅望去,陆延坐在沙发上,手里拨弄几下吉他就会在一旁桌子角落的本子上写几下,陆延写完抬头,就撞上了肖珩的目光,陆延嘴角带上了笑,问道:"怎么了?"肖珩:"没什么,就看看你在干什么。"陆延的笑意又深了几分:"我?我在写歌啊。"肖珩一挑眉:"为什么你写?"陆延一撇嘴:"不然呢?不是我写谁写?许烨写的跟贝斯独奏似的;大炮都不会;李振编曲还好,写的歌词跟儿歌似的!""这样啊。"肖珩的声音中带着一贯的漫不经心,让陆延不由自主地抬头去看肖珩,肖珩微微低着头,嘴边带着一丝若有若无的笑容,整个人显得散漫而又正儿八经,两人对视了几秒后,又各自回到原位干各自的事去了。

将近十点,陆延把肖珩打发回家,洗了个澡,躺上床睡觉去了。

一夜无梦。

不好的预感

风水轮流转,第二天,陆延是被肖珩的敲门声"叫"醒的,陆延没好气地问:"干吗?"肖珩半眯着眼,居高临下地看着陆延:"回敬你一个。"陆延有些蒙:"什么?"肖珩:"起床铃服务。"陆延有些无语,这人是骚话十级吗?陆延进厨房倒了杯水,肖珩就站在门口当"门神",陆延低头喝了口水,对肖珩说:"今天我要去防空洞排练,你要用电脑的话随便用,备用钥匙在地毯下,自己拿。"说完就回了房,肖珩什么时候走的他不知道,反正等他再出来时,肖珩已经不在了。

陆延出门后没多久,就收到了肖珩发来的一长串消息,是从七区到飞跃路的一长段详细路线。陆延发了个问号过去,肖珩几乎秒回:怕你再迷路。陆延懒得打字,干脆发了条语音过去:"我记得路。"肖珩也发过来一句语音:"坐哪两辆公交车?"陆延:"922路和078路?"肖珩:"154路和021路。"陆延:"……哦。"

陆延"跟"着肖珩详细的路线,竟奇迹般没有再一次迷路。

坐在陆延床边的肖珩手机一震,收到了一条微信消息,是陆延发来的一张照片,肖珩认出是在防空洞附近,还未来得及将问号发出去,陆延又发来了四个字:到了,放心。

一整天,肖珩和陆延一个一直待在房内编辑,一个一直待在防空洞内排练。直到太阳快要落山,天空已经赤橙,陆延起身回家,路过三楼,陆延照常和伟哥打了个招呼:"伟哥!"伟哥回过头,眼神中充斥着一股悲哀:"延弟?"陆延走上前,开玩笑似的问:"伟哥你怎么了?谁又惹你了?"伟哥似乎还有点惊讶:"延弟你还不知道吗?"陆延有些奇怪:"什么?"伟哥:"你,唉!你回去看看微信吧。"陆延往楼上走去,路上几个人的眼神都有些奇怪,这让陆延有了种不好的预感。

节哀顺变

陆延急匆匆地回到了家,肖珩还在敲键盘,陆延打了个招呼,心事重重地坐在床上点开了微信,其他的没什么不同:乐队群依旧是99+,李振、大炮给他转发了许多歌,只有,原本应该安静的他父母却给他发了几条消息,陆延点开,眼睛匆匆扫过几百字的小作文,只提取几个关键词:他父母,死于车祸。陆延愣住了,深深地愣住了,手机从他手中脱落,掉到床上,发出轻轻一声响,很轻,但肖珩听到了,他转过头,见陆延眼神涣散,心里咯噔一下,右膝盖跪在床上,伸手在陆延眼前晃了晃。陆延没反应,就愣在原地,嘴里嘟囔着:"我父母,死了……"肖珩听完,伸手拿起手机,了解了前因后果，低声说："节哀顺变。"他不是很会安慰人，就这么轻轻拍着陆延的后背，二人都不动，一直持续着这个动作，肖珩不说话，陆延一直嘟囔着"我父母，死了"。

天，黑了。

伟哥见陆延一直没出来，有点担心他，给陆延打了个电话，陆延依旧不动。肖珩叹了口气，伸手接了电话，电话一接通，伟哥的大嗓门传了过来："唉！延弟！延弟你……"伟哥话没说完，肖珩打断了他："他没事。"伟哥愣了一下："珩弟？啊！珩弟啊！你帮忙看着他一点，他刚受过刺激。"肖珩想也没想："行。"

陆延坐在床上不肯动，肖珩就坐在电脑前忙碌，其间，肖珩出去吹过几次风，却总是集中不了精神，老是会往陆延那看。九点多了，肖珩的工作效率低得惊人，他没打算再做，连抱带扛地把陆延带进浴室。眼尖的他看见陆延手臂上有个星星一样的图案，他没细数有几个角，哄着陆延洗了后，又把他抱回床上，给他掖好被子。肖珩起身想回自己家中拿几套换洗衣物，陆延的手却拉上了他的手，嘴里轻声说着："别走。"肖珩想说我不走，但话到嘴边却转了个弯："我是谁？"陆延本就有点神志不清了，现在又闭着眼，肖珩以为陆延把他认成他父母了，谁知陆延只是顿了几秒："珩哥，别走。"听到这个称呼，肖珩挑了挑眉，顺口说道："好，延延乖，我不走。"陆延听闻，松了松手，肖珩乘机抽出手,回家拿了几套衣物,回了陆延家匆匆洗过后,犹豫了一下,上床和陆延躺在了一起。在还剩下一丝意识时,肖珩好像看见陆延手臂上有一颗星星,他没来得及细数,便睡了过去。

窗外繁星满天,勾出一片星火连天的燎原。

你会做饭?

次日清晨,陆延从噩梦中惊醒,一下子坐了起来,旁边的肖珩睡意浅,被陆延的动作带醒,单手撑起身,半合着眼看陆延,陆延回过头,与肖珩的视线对上,陆延开始胡言乱语:"珩哥,我我我我我……"我我了有一分钟也没我出个所以然来,肖珩接过话头:"早上好,延延。"陆延又含糊不清地说:"呜。"

陆延接受能力还算不错,在厕所里面冷静了一会儿,就勉强接受了父母死亡的消息。他回到房间打开手机,伟哥、张小辉等一些邻居都发来了慰问信息,陆延一一回复。回复完后,起身,人没找到,却在客厅闻到了一股香味。陆延循着味来到了厨房,就见肖珩竟围着围裙,背对着他,正摆弄着电饭煲。听到声音,肖珩转头,挑着一边眉问他:"怎么了?"陆延:"你个大少爷会做饭?"肖珩回身:"世上有种东西叫菜谱。"陆延听闻,默默回了房。

很快,肖珩就来到了卧室门口敲门:"粥好了。""哦!

来了。"陆延来到桌边,桌上只有两碗粥,肖珩:"没做配菜,只有粥。""没事。"陆延坐下喝了口粥,忍不住夸了句:"不错啊!挺好吃的。"听闻,肖珩放心地低头喝粥去了。

喝完粥,陆延正想着怎么找借口摆脱洗碗,肖珩就理所当然地拿起了碗筷进了厨房,陆延跟进了厨房,倚靠在了冰箱上,肖珩头也不回:"你今天有什么事?"陆延一愣:"啊,这几天没什么事,我接了个写歌的单子,在家待着。""哦。"

肖珩洗完碗,走进房间,陆延正坐在电脑桌边,埋头在本子上写着什么,肖珩走近一看,是一堆丑丑的五线谱,还有好几坨"乌煤团",肖珩跨过陆延,坐到电脑前,与陆延并排坐着。

中午十二点多,陆延起身对肖珩说:"我去做饭。"肖珩偏头:"好。"

半个多小时后,肖珩保存了今日的工作,走去厨房找陆延。一打开门,香气扑鼻而来,肖珩问:"在做什么?"陆延端着一盘已经做好的肉:"红烧肉。"肖珩伸手接过红烧肉,又从灶台上端起一盘包心菜走了出去,不一会儿,陆延就拿着一碗汤和两碗饭走了出来,陆延给肖珩夹了块红烧肉:"你尝尝。"肖珩尝了口,笑了:"延延手艺真不错。""那可不。"眼看着陆延又要吹起来,肖珩伸手敲了下陆延额头:"吃饭。"

时光里

吃完饭，陆延出去丢垃圾，在大门口遇到了伟哥，伟哥说："延弟，你……"陆延打断他："伟哥，我没事，你在干吗？"伟哥右手拿着把刷子，左手拿着红油漆桶，活像个粉刷匠，伟哥一指大门："那些人又来捣乱了，我干脆把门给涂了。"只见门上有四个大字：赶紧搬走。陆延无语："哦。"

回到家，肖珩已经在电脑面前了，陆延拱了他一下："出去走走，别吃完就不动了。"肖珩闻言起身，和陆延下楼散步去了。到大门口，肖珩瞟了一眼门："这门怎么回事？"陆延："啊，这门啊！那拆迁队又来了，这次在门上写了字，伟哥干脆全涂了。"肖珩又问："你们这楼怎么回事？"陆延："这个我知道得不多，就是那二房东听说房子要拆了，带着我们提前交的半年房租跑了。所以现在就咱六幢还没拆。不过，最近伟哥正在找那个房东，据说有眉目了。"听完，肖珩问："你们没嘴？不会说明情况？"陆延有些无奈："聊过，他们不讲道理，还把伟哥赶出来了。""哦。"

回到房间二人继续各忙各的。陆延把写好的第一版歌曲发给了老板，但很快就被打了回来，陆延只好继续改写。

时间过得飞快，二人似乎都到了瓶颈期，没人有心思做饭，陆延去泡了两碗面和肖珩吃了，肖珩吃面时也不忘抬手去敲两下键盘。

太阳西斜，天很快黑了，陆延把改好的第二版歌曲发给了老板,老板没回。陆延觉得老板应该不在,就扭头去看肖珩了,肖珩回头看了他一眼:"写完了?"陆延:"没有,老板没回,应该不在。""嗯。"肖珩又打了几个符号上去,扭头对陆延说:"给你看看珩哥的工作成果。"陆延倾身看去,电脑屏幕中只有几串乱码一样的东西,陆延看不懂,但还是说:"咱珩哥真棒!"肖珩听完一笑,伸手揉了揉陆延的脑袋,陆延也笑了,抬手打掉了头上肖珩的手:"干吗?干吗?干吗?咋还上手了呢?"肖珩收回目光:"没干吗。"说着,就往浴室走去。等他带着一身湿气再出来时,陆延已经在床上躺着了,肖珩伸手拍了拍他,示意他过去点,陆延边挪边说:"你自己家没床啊!往我这挤!"谁知肖珩来了句:"不想睡那儿。""……好吧,你牛逼你说了算。"二人背对着玩手机,许久之后,陆延揉了揉有些酸痛的眼睛,放下手机回头去看肖珩。肖珩呼吸平稳,已经睡着了,他伸手关了灯,躺下,轻轻地说了声:"晚安。"

回我们的家

次日清晨,肖珩醒来一睁眼,就见陆延站在窗前打电话,温暖的阳光照在了他的身上,为他镀上了一层毛茸茸的金边,肖珩默默坐起,看着陆延打电话。陆延挂断电话,一回头撞上肖珩的目光,肖珩问:"谁啊?"陆延:"伟哥,他说找到那个房东了,让我晚上一起去'钓鱼'。"说完想了

想,扭头问肖珩:"你去吗?"肖珩想了想,说:"我?我看戏。"陆延无语,你想了这么久就想出这个结果来?可也不能强迫,陆延只得挤出一个字:"行。"

下午六点多,伟哥带着张小辉来敲响了陆延家门,看到肖珩,伟哥有些好奇:"珩弟也去吗?"肖珩还未开口,陆延就抢了先:"他看戏。"伟哥也是第一次听到这种回答,愣了足足七八秒,哈哈笑出了声:"没事,去吧去吧!撑撑场子也好嘛!"

晚上七点多,伟哥开着一辆租来的面包车带着陆延、肖珩、张小辉去距离七区一百多千米的B市。

晚上九点半,伟哥、陆延、肖珩、张小辉来到了B市,车一停,张小辉立刻从面包车上跳了下来,扶着棵树干呕起来,陆延拍了拍他的背,问伟哥:"伟哥,我们接下来干什么?"伟哥也伸手拍了拍张小辉的背,看了眼手机时间:"你们先调整一下,延弟,你和珩弟一起找个地方,能看到赌室的大门就行,等会我和小辉把他赶出来,你拦住他就行。"陆延点点头:"行,我和珩……肖珩先走了。"说完拉着肖珩跑走了。

很巧,赌室大门对面有个便利店,陆延向老板娘要了两桶泡面,并让人家帮忙泡好。二人坐在塑料椅上,慢慢吃着泡面,看着赌室门口进出的人,有激动的,有丧气的,陆延突然出声:"就那个,地中海。"肖珩闻言望去,是一个不算很高的中年男人,微胖。陆延几口扒完桶里的面,对肖珩说:"再过几分钟,就该收'网'了。"

吃完面,陆延和肖珩在赌室门口溜达,没一会儿,手机响了两下,伟哥打来电话又挂断了,这是个暗号。没过一分钟,"地中海"就跑了出来,陆延看准时机冲了上去,一把拽住了"地中海",谁知"地中海"不知哪儿来了股劲,一下把陆延推了开来。换了别人,也顶多跟跄两下,而陆延却一下子坐在了地上,一旁看戏的肖珩顿时看不下去了,飞快地冲到陆延身边拉了他一把,又在刚出来的伟哥和张小辉的助攻下,瞬间擒住了"地中海"。

伟哥和张小辉一人一边擒着"地中海",肖珩扶着崴了脚的陆延来到一处小巷子,伟哥恶狠狠地问:"你之前吞了的钱呢? 你弄哪儿去了?"那"地中海"冷笑一声:"钱? 钱早就花完了! 你们不会还守着那个破烂不堪的六幢吧! 哈哈哈哈哈哈哈哈哈哈哈! 和那破拆迁队讲理去吧!"伟哥不信邪,把"地中海"从头到脚翻了个遍,却只找出了几百块钱。

伟哥带着三人往回走,张小辉垂头丧气地问伟哥:"伟哥,这怎么办?"伟哥:"丧什么气? 还能怎么办,既然和他们讲不了理,那就和他们死磕到底! 只要我还在,六幢就永远不会倒!"这中二感十足的话却表明了六幢所有人的决心(肖珩除外)。

落后伟哥几步的肖珩扶着陆延，突然笑了一下，扭头对陆延说："延延，我们回家。"陆延一愣，也笑着说："回我们的家。"

声浪的邀请

次日，陆延和肖珩难得都没有早起，一觉睡到了下午。李振打电话过来，愣是不屈不挠地打了三四次，才把陆延和肖珩都吵醒了。陆延没动，肖珩越过陆延接通了电话。"老陆啊！声浪公司邀请我们了！声浪啊！他们邀请我们去比赛了！啊啊啊啊啊啊啊啊啊啊啊啊！"肖珩轻轻推了陆延一下："听到了吗？"李振："啊啊啊？你谁啊？"陆延轻轻"嗯"了一声："听到了。"李振感觉自己被忽视了，立刻大叫了起来："哎哎哎！陆延，问你话呢！你那边谁啊？"陆延伸手把声音调小了两格，说："肖珩，上次你见过的那个。"李振："噢噢噢噢。""还有，你刚刚说声浪邀请我们去比赛？"李振登时又兴奋起来："是啊！早上收到的，截图发群里了，你快去看看！"陆延立刻挂断了电话去看微信群，肖珩也挑起了细长的眉毛。以前他家也不是没有开过音乐公司，而声浪，则是国内最强大的音乐公司。声浪，是国内歌手们的梦想，是他们最向往的地方，这次声浪能邀请他们去比赛，无疑是非常看重 Vent 的。群中，李振发了一张截图，是一张邀请函，上面是一个海浪的标志，中间是邀请时间、地点，最下端是几个投资方，陆延将图片轻轻下拉，在声浪公司的LOGO上注视了几秒，再松开手，图片自动跳掉，群里已经炸开了窝。

许烨：啊！！！ 声浪居然邀请我们了！！！

大炮：我不是在做梦吧！！！

陆延打了几个字：要不大哥给你一拳清醒清醒？

大炮：不用了不用了。

李振：回头我就把这张邀请函打印下来贴墙上！ 哈哈哈哈哈哈哈！

陆延：瞧你这出息。

肖珩靠过来，伸手点开那张截屏，安静了几秒后，说："要去一个月，封闭的，不能带手机。"陆延："啊？ 这么久？ 什么时候？"肖珩垂眼看了眼手机，静静地说："一个星期后。"陆延不禁有些诧异："啊啊啊啊啊？ 这么快？""嗯。"

陆延不禁有点舍不得，他说不出来是为什么，就是舍不得，他不知舍不得的是什么，或许……是肖珩。在陆延有些恍惚的时候，时间悄悄流逝。

初　赛

时间流逝，初赛的日子很快到了，早上八点，肖珩左手拉着不认路的陆延，右手拉着陆延的行李箱，来到了参赛地点。这是个高楼，一楼是食堂，二楼到十五楼是参赛者住宿区,十六楼到十八楼是导师办公室。陆延和肖珩在大门口等了三十来分钟,许烨、大炮和李振才陆陆续续到达。陆延和李振等三人走向入口,回头对肖珩挥了挥手:"再见!"肖珩也挥了挥手,看着陆延的身影消失,才转身离去。

陆延一行人在一名导师的带领下来到食堂坐定,场内已经有数十支乐队了,有一个记者正一支支乐队地采访,李振理了理头发,转头问陆延:"哎老陆,我这样帅不帅?你说我等会儿说什么好?"陆延默默转过头,做了个口型:滚!李振讨了个没趣,转头和大炮、许烨兴冲冲地讨论去了。陆延没有手机,撑着下巴发呆去了。

肖珩离开参赛地点,来到一家公司的第十二层,这是他与另外十几人一起租下的,几人是计算机系的高才生,也曾经是在论坛上认识的同行,是肖珩从许烨他们学校挖出来做生意的。这个年纪的学生都懵懵懂懂,大多很听指挥,并且要求工资不高,能力也是比较强的,这也是肖珩看上他们的理由。肖珩走进办公室,几人立刻反应:"老大!""老大!""老大!"肖珩轻微点了点头:"嗯。"

这项工程是几天前刚开始的,肖珩也带陆延来过一次,今天陆延参赛,肖珩临时决定送他,没有在群里说明要晚到一会儿。要知道,肖珩几天来可都是第一个到公司的,而这一次,这个"铁面无私""冷血"的老板却迟到了,这令几个天天挨骂的小萌新非常新奇,但这位"冷血"的老板并未多说什么，转身进了自己的办公室。

"唉，老陆，老陆，到我们了，快快快快快快，整理整理。"陆延被李振一阵猛摇，有些蒙地看向李振，李振拉了拉衣领，指了指隔壁桌旁的人："记者！快来采访我们了！"陆延看了眼采访接近尾声的隔壁桌，垂着眼帘应了一声，李振伸手在他眼前挥了挥："唉！老陆，你怎么了？一进来就兴致缺缺的。"陆延也没看他，懒洋洋地拍掉了李振的手："没事。"

摄像机很快对到了陆延脸前，陆延往后退了点，李振立刻凑了上去："大家好！我们是Vent！我是鼓手李振！"大炮也凑了上去："我是吉他手戴鹏！"许烨挤开大炮："我是贝斯手许烨！"李振看向陆延："这是我们主唱。""陆延。"陆延接过李振的话头。后面的几分钟里，李振、大炮、许烨几人眉飞色舞地介绍了一遍Vent，陆延偶尔开两次口，勉勉强强应付掉了采访，然后再去导师面前表演，接着，便进入了漫长的等待环节。

终于，在网上粉丝的投票和导师的评分中，选出了前50名，Vent不出意料地进了。在工作人员的带领下，陆延几人来到了1006号房间，等安顿好他们，工作人员才走出房间。等工作人员一走，大炮立刻趴到双层床上，嚷着："哇！今天中间那个导师一直盯着我看！吓死我了！"陆延瞟了他一眼："谁让你染了头黄毛？整个队里就你染了。"

大炮大叫着："错了错了,再也不染了!"李振立刻凑了过来："大炮你这话都说多少遍了? 你哪次说完就不染了?"大炮一脸痛心疾首地说："嘤嘤嘤,振哥你怎么能这么说我呢,嘤嘤嘤!"陆延伸手拍了下大炮的头："别嘤了,等会儿有人听到了就影响形象了。"大炮抱着头说："知道了大哥。"

今天一下午都要待在这栋楼里,使没有手机的陆延甚是无聊,便在楼里闲逛,跟前突然出现了高跟鞋的声音,陆延抬头去看,一个身着黑西装的女人也抬头看向了他。这个女人陆延认识,是声浪公司的王牌经纪人——葛云萍,陆延礼貌地打了个招呼:"葛老师。"葛云萍停下来,上下打量了陆延一番,说:"嗯,感觉怎么样?"陆延思考了下,说:"很好,谢谢葛老师关心。"葛云萍点了点头,丢下一句:"好好加油。"便离开了。

陆延回到宿舍,从行李箱中抽出了本书,一看封面,愣住了,这是一本关于信息的书,打开一看,第一页右下角写了两个字母:XH。他居然不小心将肖珩大二的课本带来了! 那个同上大二的信息系贝斯手眼尖地看见了他手上的书:"唉,队长,你怎么也有课本? 你也是信息系的?"李振看了陆延一眼,嘲讽道:"你队长没上过大学。"这句话直接给许烨整蒙了:"啊? 那队长的课本哪来的?"陆延说不出来。许烨没听到回答,直接从床上翻了下来走去看,许烨翻开书面,看着XH这两个字母震惊了好一会儿。陆延推了推许烨,疑惑地问:"许烨你怎么了?"许烨猛地抬起头,不可思议地看着陆延:"队长! XH! 肖珩唉! 他的课本怎么会在你这儿啊?"陆延挠挠头:"还记得我上次带去防空洞的那个人吗? 就他。"许烨更惊讶了:"他就是肖珩!啊啊啊啊啊啊啊啊啊! 我居然见过他真人!"陆延拍拍他的肩:"冷静点,以后见的机会多着呢。"许烨听完立刻就要拜:"以后你就是我大哥!"大炮立刻警觉起来:"唉唉唉唉,许烨,这是我大哥!"

晚上,陆延又在走廊上溜达,猛地听见厕所里有窸窸窣窣的讲话声,他不明白,有什么话要在厕所里讲。陆延拐进厕所,就见一个二十来岁的男生手上拿着一部还未来得及藏好的手机,尴尬地看着他,那个男生犹豫着开了口:"那啥,兄弟,你记得帮我保密啊。"陆延看着他:"你是谁?"男生:"风暴乐队,高翔。"陆延找到了重点:"风暴乐队啊。""嗯嗯嗯。"高翔赶忙附和。"哪个宿舍的?""1002。"陆延转过身:"行,我知道了,会保密的。"

陆延回到宿舍,百无聊赖间,拿起了那本信息课本看了起来,可陆延毕竟不是信息系的,就算看得再认真也看不懂。

纸风车队

第二天一早,陆延他们便被工作人员叫醒,懵懵懂懂

地被带去了导师办公室。眼前三十多岁的男人说："我叫沈捷,是你们这次比赛的导师之一,你们面前的签上是一支支乐队,你们抽到哪个,就在一个星期后和他们比赛。"大炮冒出头来问:"比什么?"沈捷看着大炮,说:"比票数,你们来时接受的第一次采访已经放到网上了,接下来的比赛会有两万名的观众进行现场投票与网络投票。"大炮惊呆了,两万人,这对他们来说是个多么庞大的数量啊。沈捷摇了摇面前的抽签桶,催促道:"快抽吧。"三人把自认运气最好的李振推了出去,李振默默拜了拜天、地、祖宗后,慢慢抽了个签子出来,上面赫然写着:纸风车队。这是一个从来都没有听说过的乐队,应该是个无人问津的小乐队,陆延心想稳了,抬头却撞上了沈捷默哀的眼神。在其他三人的欢呼声中,陆延的脸色渐渐沉了下来。

　　回到宿舍,陆延盘腿坐在床上,静静地想着沈捷的怪异。许烨突然冲了进来,气喘吁吁地说:"不,不好了。"陆延拍了拍他的背:"怎么了许烨? 有话慢慢说。"许烨缓了一会儿,抬头对陆延说:"大哥,我刚刚偷听到工作人员说,说……""说什么?"陆延催促道。许烨有些不安地说:"他们说纸风车队是个刷票队!"李振蹦起来:"什么?"陆延脸色登时黑了下来,站起身就要往外走:"一楼大厅不是有排行榜吗? 去看看就知道了。"

　　一楼大厅电子屏幕前,四人皆黑着个脸。纸风车队,一个不知名的三流乐队，票数却生生超过了风暴乐队这个名气非常大的乐队两千多票，明摆着就是个刷票队。李振有些苦恼："我们不会第一场就要输了吧。"陆延沉声说："这声浪都察觉不出来吗？"许烨愤愤地说："要是现在给我台电脑，我说不定能查出来。"别说是电脑了，现在就是连手机都没有，陆延想了想，说："先试试能不能追回来吧。"

　　下午，陆延他们来到了排练室，打开门，另外一队迎面走了出来，是纸风车队。四人原本缓和的脸又"唰"的黑了下来。纸风车队其中一人虚伪地对四人笑了笑，说："你们好。"大炮的脾气登时上来了："你们一个刷票队好意思吗？"纸风车队其中一人的笑容绷不住了："你几个意思啊？你们没有粉丝投票就说我们刷票！不服来比比啊！"听着对面嚣张的语气，大炮怒气冲冲要动手，却被李振和许烨及时拉住了。看着他们四个愤怒又不能动手的样子，那人笑了起来："哈哈哈哈！就算你们知道我们刷票又怎样？有本事举报啊！看人家声浪听不听！"陆延听明白了，这是声浪帮着啊！其他三人也不是傻子，很快也听明白了其中的意思。大炮毕竟是个半大的小子，性格又直接，根本忍受不了这种挑衅，顺手抽了根鼓槌就打向了对面四个哈哈大笑的人，千钧一发之际，一只骨骼分明手指细长的手拦在了中间，生生挡下了这一棒。大炮惊异地看向那只手的主人——陆延，哆哆嗦嗦地说："大，大哥，你，没事吧……"

陆延咬着牙,强忍着剧痛说:"走了!"

三人簇拥着陆延来到卫生间,用冷水冲洗着接下那一棒的左手,大炮忍不住问:"大哥,你为什么要阻止我啊?!"陆延关掉水龙头,看向他:"你知不知道你这一棒下去有什么责任? 你自己倒是潇洒地退赛走人了,可你有没有想过那几千个为我们投了票的观众?"沉默许久之后,许烨小心翼翼地问:"那大哥,我们现在该怎么办? 干等着被刷下去吗?"陆延扬起一抹冷血:"哼! 找外援喽!"

晚上接近十一点,整栋大楼一片寂静,陆延带着三人来到1002号房门外,李振小声问陆延:"我们来这干吗啊,老陆?"陆延也用同样轻的声音回道:"找外援!""啊?"三人一脸蒙。陆延没再多说什么,轻轻推开了1002号房门,准确找到了熟睡中的高翔,小心地摇醒了他。高翔一脸蒙地看着四人,认出了陆延:"你有毒啊! 大晚上的干什么!"陆延气定神闲地说:"借手机啊。"高翔一脸警惕:"干什么?不借!"陆延笑嘻嘻地说:"那我可就告诉导师了啊!""别别别,我借! 我借还不行吗!"陆延拿着正在开机的手机,正准备解锁,就看见了一条微博消息,点开一看,明晃晃的大标题:网友XH举报纸风车队刷票。一旁的高翔"适时"地开了口:"这是我之前关注的账号,会时不时推一些与比赛有关的东西。"没人回答,过了好一会儿,李振才开了口:"XH? 就是那个肖兄弟?"陆延拿着手机就要往外走:"我去打个电话。"李振一把拽住他:"外面有监控!"陆延扒拉掉他的手:"没事我避开就好了,有死角的。"

　　陆延来到一个没有监控的死角,输入肖珩的电话号码打了过去。"哪位?"等了一小会儿,那边肖珩接通了,冷冰冰的声音传了过来,陆延没有回,这一刻,他只想听听他的声音。直到肖珩不耐烦地又问了一遍,陆延笑着说:"你流落在外的弟弟。"那边肖珩的声音带上了笑意:"延延。"陆延笑着打趣:"珩哥,你为什么帮我们搞纸风车队啊?"肖珩说:"我只不过是看他们不顺眼,顺手举报了一下。"陆延愉快地说:"那你这顺手可真是巧啊,不过我看很多人都不信啊! 你准备怎么办呢?"肖珩哄着他说:"你先去睡,明天你就知道了。""嗯! 晚安!""晚安。"

外　援

　　第二天早上,陆延是被摇醒的,匆匆换上衣服就被拉到了一楼排行榜前,只见上面除了纸风车队都加上了接近一万的票数。很明显,这是纸风车队刷的票数,陆延哑然失笑,这就是肖珩留的后手。李振拉着陆延一顿晃:"老陆! 看起来我们进前十五了! 再加把劲说不定能拿前十!"陆延淡淡地回应道:"嗯。"虽然这么应着,但陆延心里却是想要拿个第一,拿回去给肖珩看。

　　此时的声浪内部却是一片混乱,某位领导大喊着:"公关呢？公关呢？这个纸风车队怎么连刷票都不会，还被XH逮住了！"一位工作人员抬头焦急地说："不行啊，高总！找不到刷票源头！"

肖珩工作室那儿，一位三十出头的男人抬起头对肖珩说："哈哈！老大，这纸风车队刷票也太垃圾了吧！看我们刷的！保证他们找不出任何蛛丝马迹！"

然而这些陆延一概不知，他正带着李振他们训练呢，虽然他们的票数完全碾压了纸风车队，但陆延还是要求他们好好训练，认真完成比赛，因为这不仅仅是对对手的尊重，也是对自己的尊重，更是对支持他们的人的回复。

Vent在一个星期里的认真训练与导师的教导下，迅速成长了起来，也迎来了第一次表演。

赢　了

陆延四人乘坐着专门接送的车来到比赛场地，走到舞台边时，纸风车队从舞台上下来，脸色并不是很好。大炮一下子也成长了许多，不论对方怎么冷嘲热讽，都只是冷眼看着他。

灯光忽地暗了下来，该Vent上场了，陆延带头登上舞台，许烨在后面小声说："好多人啊。"陆延往底下望了一眼，人真的很多。突然，陆延的目光定住了，他看到了一个人，一个很熟悉的人，是肖珩，他居然也来了。台下肖珩也感受到了注视，抬头与陆延对视。很快，伴奏响起，陆延立刻回过神，错开目光开口演唱……

陆延下台前，又匆匆看了肖珩一眼，然后就被带回到了大楼内。站在电子屏幕前，李振兴奋地说："这都超过他们三千多票了！等到明天十点，该超他们多少票啊！"陆延瞥了他一眼，说："与其在这儿浪费时间，还不如去想想怎么应对接下来的强敌。"李振泄了气："是是是！这就去训练！"陆延叹了口气："不用了，今天先休息一下，辛苦很多天了。""奈斯！""大哥威武！"

十进五

时间过得飞快，转眼间，已经过去了大半个月了，陆延已经记不清当时对战其他乐队时的心情与表现了，只记得台下有一个非常耀眼的人，耀眼到他无论坐在哪里，陆延都能准确迅速地找到他。

很快，Vent即将参加十进五的比赛，这令Vent四人都渐渐紧张起来，能进入前十的队伍实力与人气根本不弱于他们，他们已经不能像前几天那样轻松了。他们开始将大量时间用来训练。在日复一日的训练中，他们，终于迎来了十进五比赛，在为另外三人做好"心理辅导"后，陆延依旧领头走上了舞台。不知为何，他居然有一点点紧张，但这一丝紧张，很快因为撞上了肖珩的目光而烟消云散。

陆延愈发认真起来,因为他知道,他还不能输,他还要拿个冠军回去给那个人看看呢。

演唱顺利结束,陆延照例抬头想再看肖珩一眼,却发现座位上空空如也,肖珩已经不知道跑到哪儿去了。陆延心想:应该上厕所去了吧。陆延忍着心中的不满,低头往前走,突然李振在后面大喊:"哎哎哎老陆!"陆延正要疑惑地转过头去,就撞到了一个人身上,陆延后退一步刚想道歉,抬头却看见对方熟悉的脸庞:"珩哥!"肖珩带着戏谑的声音响起:"延延。"后面的许烨叫了起来:"肖大佬!"陆延正想与肖珩多聊几句,身后的李振推了陆延一把:"走了,有工作人员!"几人来到外面,看着来来往往的工作人员,匆匆说了声再见就被带回了大楼。

这次的对手实力与Vent不相上下,一会儿你多我二十票,一会儿我多你三十票,但是很快,Vent因为建队时间更长,有着一定的优势,渐渐地拉开了几百票的距离,他们,进前五了。

五进三

比赛愈发激烈起来,加上Vent,就只剩下五支队伍了。剩下的准备时间也逐渐变短,原本还能自由选歌,到现在得靠抽签来决定。

渐渐地,大家身上的压力也越来越大。所幸,在这大半个月里，Vent的实力也越来越强，每个人也愈发成熟起来。说实话，靠着Vent现在的实力与陆延的颜值，Vent进前三还是稳的。但是，陆延看向不远处台上的风暴乐队，他们的建队时间比Vent还要早两年，不论是实力还是粉丝基础，都比Vent要高一点。"呼"，陆延呼出一口气，决心要更努力一点了。

"下面有请Vent！"主持人叫到了Vent，陆延他们照常上台，台下突然骚动，观众们纷纷举起一只手，摆着V的手势，全场沸腾，陆延愣了愣，这是第一个不需要他们热场子的表演。陆延笑了，给台下观众一种很暖的感觉，包括肖珩。

他们走下舞台，李振几步追上陆延，高兴地说："哎！老陆！这次前三稳了啊！""嗯。"陆延的心情也不是一般的好，一帮人晃着回了大楼。路过一楼，大炮随意扫了眼排行榜，愣了愣，然后麻木地拽了拽陆延的袖子，一指大屏幕："大哥，那啥，我们好像第一名哎。"几人同时看向大屏幕，李振木木地说："我……"

签　约

下午，陆延在走廊里闲逛，熟悉的高跟鞋声响起，陆延抬头打招呼："葛老师。"葛云萍停下，扫视了陆延一下，淡淡地说："嗯。"似乎又想起了什么，补充了一句："晚上七点来我办公室。""好的,葛老师。"

晚上七点,陆延来到葛云萍办公室门口,礼貌又绅士地敲了三下门。"进来吧。"陆延推开门走了进去。"坐吧。"陆延坐下,看见眼前有份合同,心里涌出一个答案来,没等葛云萍开口,便笑盈盈地开了口:"葛老师是想单签吗?那可能要让您失望了。"陆延之前也遇到过好几个经纪人想找他单签,但都被他一一拒绝了。葛云萍没想到陆延会这么说,把合同往他面前一推,说:"这不是单签你的,是签下你们Vent的,合同自己看,有要求可以提,没问题就先签名,细节以后再找你们说。"陆延仔细看了一遍合同后,确认没有什么大问题,就签下了名字,葛云萍伸出手:"合作愉快。"陆延也伸出手回握,然后起身,往外走,就听身后的葛云萍说:"后天加油。"陆延微微偏头:"好。"

陆延一出办公室,并没有直接回宿舍,而是去了1002号寝室"借"手机,登上微信想要把刚刚的一切都告诉肖珩。点进对话框,看见肖珩发来了几条消息:过两天我有个发布会要去参加,不能看你,延延加油。陆延手指一顿,打下了几个字:好,珩哥加油。

决　赛

决赛的日子,到了。这次他们来到了一个全新的场地,现场足足可坐下四万人。陆延来到后台,那儿,风暴乐队的几人在化妆,高翔抬头看见陆延就开骂,陆延却笑嘻嘻地说:"你们好。"风暴乐队队长出来调节了下气氛:"好了高翔,准备一下,很快就要上场了。"

陆延被一位化妆师拉着坐下开始化妆,大概过了二十分钟吧,外面的工作人员来叫风暴乐队了。很快,主持人的声音响了起来,陆延的妆也差不多化好了,陆延睁开眼打量着自己,眼线长长地画了出去,口红比较偏深,看起来"妖艳"至极。陆延靠在椅子上闭目养神,耳边传来许烨和大炮聊天的声音,没过一会儿,就有工作人员来叫了,陆延立刻起身往外走。

来到舞台上,光线刺眼,只能模糊地看清那些是 V 的手势,陆延此刻已经不管输赢了,他只想把自己最好的一面呈现给粉丝们。

你也是

表演成功,他们也可以出去了,李振立刻拉着几人去了烧烤摊上喝酒庆祝。等肖珩赶到时,已将近九点。几人中除了许烨,其他人已经喝得分不清东南西北了,肖珩向许烨交代了几句,便带着陆延走了。

"看!"陆延指着远处说,"星星!"

"那是路灯,傻延延。"肖珩说。

"星星。"陆延坚持。

"那是路灯。"

"胡说！我说星星就是星星！"

"好，星星。"

喝醉了的陆延不仅爱说胡话，还爱往高处爬。不一会儿，陆延似乎走累了，蹲在一块大石头上，刚好可以和肖珩持平。

"你也是。"陆延突然说。

"什么?"肖珩一时间没有反应过来。

"星星。"陆延拉起袖子，露出左臂上的星星，是肖珩第一次住在陆延家里时看到过的，肖珩数清楚了，有七个角。

"七芒星，神秘学中可以抵御一切强大力量的法阵。"

"对我来说，能抵御一切强大力量的，是你。"

他在淤泥深处捡到了一颗星星，一颗，闪闪发亮的星星。

童吴钰

彩色的梦

我有许多梦,五彩缤纷。它们美化着我的生活,让我有理想,有目标,有未来。我的梦有许多颜色,许多甜蜜。

梦,是黄色的。我想成为一个老师。与孩子们在一起,共同学习,共同玩耍,让他们成为新时代的主宰,快乐地学习新知识,在知识的天空中自由翱翔。

梦,是蓝色的。我想成为一个医生。用自己的力量,造福百姓,用自己的智慧,医好患者,刻苦钻研,努力成为像华佗那样的大医师,妙手回春,誉满杏林。

梦,是绿色的。我想成为一个环保工作者。每天坚持进行垃圾分类,积极宣传"我不扔,我也捡"活动,让我们美丽的美好家园,一尘不染,光洁如初。

梦,是红色的。我想成为一个志愿者。以助人为乐为根本,尽心尽力地为人民服务,不求回报,不索报酬。

梦,是彩色的。这些梦为我的梦想增添了无限色彩,引领着我走向更美好、更辉煌的世界。

大海即景

　　我爱水,所以我爱长江,爱小溪流,也爱湖泊。但是我最爱的还是大海。

　　静静的大海,好似一块无瑕的翡翠,在阳光的照耀下,闪烁着七彩的光芒。我猜,大海里一定有一条漂亮的美人鱼,掌管着海洋的一切,今天她心情特别好,所以海面风平浪静,没有一丝波澜,我拾起一块小石头,投入大海,海面漾起道道涟漪,不一会儿又平静如初了。

　　不一会儿,天空吹起风来,风中的大海样子丝毫不输平静的大海,风中的大海被调皮的风娃娃吹起了小小的海浪,一浪接着一浪,越来越高,越来越大,"呼"的一声又忽然变低了,变小了,似乎是风娃娃玩累了,没兴趣再接着玩下去,于是风娃娃睡着了,"呼——吸,呼——吸",均匀的、小声的呼吸声,吹得海面又卷起了小小的海浪。

　　雷雨交加的大海好不热闹,闪电弟弟在天空中画出道道艳丽的烟花,美丽极了,雷公公和雨婆婆交加而来,豆大的雨滴在海面上发出"啪啪"的响声,很快,雷声划破了天际。"轰隆隆。"震耳欲聋的雷声发怒般咆哮着席卷海面,海面卷起了一个个巨大的海浪,不断冲击着海岸,好像不把海岸撞碎不罢休似的。

大海,既是风平浪静的,也是有些淘气的,还是雷雨交加的……

虎王的烦恼

在森林里，山洞中，森林之王老虎正坐在里边愁眉不展。

"大王大王，你怎么了？"森林里的大臣狐狸神不知鬼不觉跳出来问道。"唉！"虎王叹了口气，"我虽然是森林之王，但没有人敢接近我，我好孤独啊！"狐狸说："大王，不是还有我吗？""我俩只能玩两个人的游戏，可我想大家一起玩才快乐嘛！这样和犯人有什么区别呀！"虎王感叹道。"哦，原来是这样。那我们这样……"狐狸凑到虎王耳边窃窃私语了一会儿。

虎王开始行动起来了，它先来到小动物聚集较多的地方，一开始，小动物们一哄而散，一天、两天、三天……渐渐地情况有些好转，小动物们开始停留在原地，大胆的小动物甚至回头张望，终于有一天，大家沉不住气了，和虎王一起说起话、聊起天来了，虎王好不快活，整天把微笑挂在脸上，小动物们都愿意跟它一起玩了。

从那以后，孤独感再也没有找过虎王了。

凯蒂猫家园之旅

昨天爸爸妈妈带我和妹妹去了凯蒂猫家园,那个游乐园可大了,我走进去以后就发现了一张地图,因为有太多地方,地图上都快装不下了。

进入凯蒂猫家园我们就来到了森林剧场看表演,表演的是老虎和秃鹰争夺"森林之王"的称号,经过森林里其他动物的帮助,和老虎自己的努力,最终老虎打败了秃鹰,拯救了森林。

我们看完表演就去玩"苹果树飞椅",它旋转起来就跟飞一样,连椅子离地面都有四五米,就像在空中荡秋千一样! 真好玩! 随后我们又来到了"树屋奇遇",我们一起爬上了"树屋",发现不是爬树而是爬绳子。我和爸爸、妹妹一起顺着绳子爬了上去,到了第二个"树屋"就下去了,真快啊!

这么快就到中午了,我们去了"苹果派餐厅"吃午饭,妈妈做的寿司、烤鸡腿、水果拼盘一下子就被我们吃光光了。

下午,我们一起玩了"魔法单车",如果加速踩单车的

踏板,它就会上升,如果不踩它就会下降。就这样单车上上下下转着圈圈。

我们玩好以后就去看凯蒂猫的大游行,除了凯蒂猫,还有她的朋友、哥哥、两只可爱的小兔子……他们在游车上跳着舞跟我们打着招呼。

一天的游玩结束前妈妈给我买了化妆背包,给妹妹买了电风扇糖果当作游玩礼物。游乐园真好玩,但是我还有好多没有告诉你,所以你自己去玩一玩,或者问问我都可以哦!

食物盗窃案

　　早晨,阳光明媚,松鼠琪琪打个哈欠,伸个懒腰起床了。她习惯性打开食物储藏柜,却发现……

　　"啊!"琪琪吃惊地叫道,"我的大松果不见了!"原来,过年前琪琪在储藏柜里放了两颗硕大的松果,准备藏着夏天吃的,结果没想到……一定是被小偷偷走了! 琪琪在心里说。"不行,我得给警察局打个电话!"琪琪自言自语道,"喂,是110吗? 我的东西被盗了,请你们快点赶到森林大街58号,快一些!"说完,琪琪利落地挂了电话,不一会儿,猴警官驾着警车赶到了琪琪家。

　　"就是从这儿拿走的,我去查过监控了,那家伙动作快得很,我就看见一个黑影从窗户飞进来,又匆匆离去。对了,为了不让松果坏掉,我又在外面包了层闪纸。"在琪琪报告线索的同时,猴警官也从储藏柜里搜出了一根黑色的羽毛。"黑色羽毛……动作很快……包闪纸的松果,会飞的动物。"猴警官歪着脑袋推理道。"我知道了! 备车,我们去乌鸦家看看!"

　　到了乌鸦家,琪琪一眼就看到她的两颗大松果:"啊,

我的松果！""乌鸦，你知不知错？"猴警官一看乌鸦家满屋子金银珠宝，就知道乌鸦原来就是那个被全城通缉的通缉犯！"走！跟我们去警察局！""等一下！"琪琪喊道，"虽然不知道为什么，但他偷东西肯定也有苦衷，请您不要重罚他！"乌鸦朝琪琪投来感激的一眼。

从此，琪琪的东西再也没有丢过。

我的郁金香

一次偶然的机会,爸爸带回来三颗郁金香种子和一堆土,说:"一会儿吃完饭咱们去种郁金香怎么样?""好耶!"我和妹妹喜出望外地喊道。

郁金香种子的样子像一头大蒜,白色的,很大,好像马上要破裂似的。我和爸爸、妹妹一起把这三颗幼小的种子种到土里,再浇上很多很多的水,就大功告成了。

后来,我每天早上都要去看一看我的郁金香,看看它们是否长高。有一天傍晚,我看见它们从土里钻出来,一个个绿油油的,像三个刚出生的小猫一样,好奇无比。而它们每天都在努力地长高,长高,再长高。终于有一天,我尖叫道:"爸爸! 有一株郁金香有花骨朵啦!"那天傍晚,我怀着兴奋的心情走到阳台,那个花骨朵果然开出了美丽又灿烂的红花,开出了这么多天努力的结果!

啊,我爱郁金香,我更爱它那坚持不懈的品质。

我家的双胞胎

　　要说起谁是双胞胎，那就非我的"丁丁"和"当当"莫属了，它们是一对小蜗牛，我很喜欢它们，可是有人会问：为什么喜欢它们呢？那就跟我去寻找答案吧！

　　星期天，我写完作业后，我看见桌子上有一个饲养盒，打开一看，原来是两只蜗牛。这两只蜗牛是白玉蜗牛，它们的壳上有一圈一圈的纹路，再仔细看，咦，它们的壳不是扁扁的，而是三角柱形的，一般还真见不到。

　　它们吃菜叶和饲料，一般喂小青菜叶比较好。它们用小小的嘴巴一点一点地吃着菜叶，吃得津津有味，连我都流下了口水。喂饲料时，先拿来五粒饲料，然后放进一把勺子里，加一点钙粉，弄碎就可以放进盒子里了。

　　怎么样，我的小蜗牛是不是很好玩？如果爸爸妈妈同意，你也来养一只呗！

秋

"哗——哗。"一阵秋风迎面扑来，我们都知道，秋天来了。

凉爽的秋风吹走了夏天的炎热，果园里，农民伯伯们正在摘苹果，一个个苹果就像一盏盏小小的灯笼，正等着人们去摘！再看看葡萄架上一串串紫红紫红的葡萄，真是让人馋得直流口水。

就在这里，森林里也别有一番热闹。小松鼠跑来跑去忙着储存松果；大狗熊慢吞吞地走来走去找树洞，准备冬眠；小青蛙唱着歌正在挖洞……大家都准备过冬了。

而在公园里，我们这些小朋友都站在大树底下捡落叶，有红色的树叶、黄色的树叶和绿色的树叶，同时在路边的小山上采了一朵野菊花拿回家做一幅属于秋天的画。

啊！秋天真美啊！只要细心观察，一定能发现大自然的美！

蚂蚁历险记

这天，我正在看书，忽然我的头好像被什么东西砸到了，我两眼一黑，晕了过去。

再次醒来，我是被小草的清香熏醒的，我正想揉揉眼睛，咦，怎么回事，我的手怎么变成黑色的了？什么，我竟然变成了一只蚂蚁。

我心想，只要我回到家，说不定就可以变回去了。说干就干，我奋力向前跑着，这才发现小草也是障碍，哦不，现在可不能叫小草了，应该称之为"大草"。"大草"现在就好比是一棵棵参天大树。我绕着绕着，感觉好像方向偏了，于是又往回走。"窸窸窣窣。"一阵奇怪的声音传来，我回头一看，好家伙，一条蚯蚓！可在我看来，它就是一条巨型大蛇！它巨大的阴影投射在我身上，本来我是不怕的，可是此刻我的腿却有些哆嗦。我战战兢兢地说道："你，你别吃我啊，我……我平时也没有欺负你们的。"它好像对我没什么兴趣，闻闻我身上的味道就走了。

我刚刚庆幸着劫后余生，准备拍拍灰继续赶路，谁知远处又走来了一只猫。我更是吓得一动也不敢动。它慢悠悠地向前迈了几步,东闻闻西嗅嗅,晃了会儿就离开了。幸好,看样子它应该只是来找吃的东西的。我头也不回地向前跑着,太可怕了,我要赶在天黑之前回到家,不然指不定又要出什么幺蛾子。我跑啊跑,终于在太阳落山之前赶到家门口,我气还没来得及换,又一头扎进家门底下的缝里。

"嗡——"怎么这么吵?我知道了,是妈妈拿着吸尘器在吸尘。"等一下,那我不会被吸进去吧?救命啊!"

我一个挺身坐在了床上,呼,原来是梦啊,真是虚惊一场,不过,我再也不想当蚂蚁啦!

家的声音

　　家是什么声音？是爷爷让我们多穿衣服时絮絮叨叨的念叨，是奶奶给我夹菜时的啧啧称奇，是妈妈在我考砸时给予我的关心与鼓励，是妹妹不会写字时的请教，更是爸爸和我们打成一片时的欢笑……

　　在这个寒假的末几天，天气晴朗，阳光正好，我们全家准备去钱塘江边游玩。钱塘江里的水如浑浊的泥沙一般是黄色的，水漫过了树干，只露出了刚抽芽吐叶的树冠。

　　爸爸组装好风筝，我们的"超人"就准备起飞了。"三，二，一，跑！"爸爸一声令下，我像个出膛的子弹一样射了出去，"超人"跟随着我的脚步，逐渐飞高，看这个速度，好像真要去拯救世界一样。不过当我停下来的时候，"超人"也就缓缓地飘落下来。由于今天没风，没过一会儿，我们就不玩风筝了。这时妹妹拿着羽毛球拍走了过来，我和爸爸开始切磋羽毛球技。妹妹在一旁帮我们计分数。"砰！"老爸从对面发来一记长传球，我立刻灵活地后退，一个漂亮的回球。老爸见我的球稳稳地飞了回去，只一瞬，便摆好了姿势，一边对我说："哎哟，'小伙子'不错嘛！真像个专业的羽毛球运动员。"我一边迎着老爸的球，一边得意："那是！你不在的时候我经常找朋友练哩！"要知道，我以前可是个"羽毛球渣渣"。我险些没拍中，发了一个"臭球"，不出意料，球没过中线，爸爸开玩笑道："这个回球真烂。"我不服气，厚着脸皮又回怼了一句："天才也有失利的时候嘛！"老爸听闻笑了起来："你这嘴啊……""嘻嘻！再来再来！"我捡起球。爸爸摇摇头，我们又投入一场新的大战中。钱塘江边，时不时传来我们爽朗的笑声。

家，是什么声音呢……

诚信，让生活更美好

欺人只能一时，而诚信才是长久之策。

——约翰·雷

说起"诚信"，我就不禁想起了那件事。

小时候，我跟着妈妈一起去逛超市，妈妈和我一路走走停停，买了不少东西。终于，我们准备动身去结账了。结账的人很多，妈妈叫我先排着队，她去买几包餐巾纸，我百无聊赖地盯着天花板，时而左右看看，时而瞅瞅前面排队排到了没。

这时，我在收银台旁的小货架上看见了一盒颜色艳丽的薄荷糖，我一下子就被吸引住了，圆形的铁皮小盒子上面画着仙女和公主，摇一摇会发出清脆的声音。它像磁石一般吸引着我，我十分渴望能把这盒糖带回家，但我知道妈妈是不会同意的。这时，我萌生出了一个念头：我只要不被妈妈发现不就好了嘛！于是我左看看，右看看，发现妈妈还没来,我以迅雷不及掩耳之势从货架上把糖拿了下来。前面在结账的叔叔已经快好了,我不禁暗暗吞了吞口水,做贼心虚地朝左右望了望,探望一下"敌情"。

轮到我了,我连忙先把糖递了过去,等到收银阿姨扫完糖的条码后,我连忙把糖塞进口袋里,再把其他的东西都一一递上,把扫好的商品塞进大塑料袋里。这时,妈妈回来了,我连忙招手让妈妈付钱。这时,妈妈看了看阿姨给的小票,又看了看我。

付完了钱,准备回家了,我既高兴又有些忐忑:万一被妈妈发现了怎么办?妈妈好像看出了我的纠结,问:"你怎么啦?不舒服?"我摇了摇头:"没。"左思右想,我还是觉得这样偷鸡摸狗的不好,决定向妈妈坦白,大不了糖被没收嘛!"妈妈,"我吞吞吐吐地说道:"我……"我将事情和盘托出,并认了错,出乎意料的是妈妈竟没有打骂我,只是说下次别犯,主动认错就好。

就这样,事情不了了之。妈妈也没有没收我的糖,还和我一起分享了呢!不过,做人还是要讲诚信,有事憋在心里的感觉着实不好受!

诚信,让生活更美好!

拾金不昧

　　一个普通得不能再普通的清晨。一个披散着头发、穿着洋红色短袖的中年女人踏着平底鞋划破了宁静。

　　这个女人是一个即将参加中考的男孩的母亲。这天，正是中考的日子，她将孩子送到了考场，却发现笔丢了，她一时慌乱了手脚，可幸好时间还来得及，她叮嘱孩子站在原地，自己沿街去寻找文具店。

　　她一路跑着，跑着，上气不接下气，她渐渐停了下来，手撑着膝盖，脑子里却想着，自己怎么这么马虎，今天可是儿子最重要的日子，如果出了差错，他的人生又该如何？想到这儿，她咬了咬牙，看了看表，继续跑起来。过了一会儿，她终于在远处看见了一个文具店。她苍白的脸上终于露出了一丝笑容。

　　她加快了速度，却不想绊了一脚，一下子跌坐在地上。这时，天边飞来一群乌鸦，嘎嘎地笑着。

　　她支撑着站了起来，奋力奔向文具店。她没有发现，她的钱包掉在了地上，钱包里儿子的照片掉了出来，她也没有发现。这时，一个戴着口罩的男人从小胡同里走了出来。

母亲匆忙选了两支笔,付钱时一摸口袋,坏了,钱包呢?思来想去,应该是摔跤时掉了,她低声让店主等下她,冲出店门回到刚刚摔跤的地方,可那里干净得连垃圾都没有。母亲跟跟跄跄地向前走,绝望地扶着路旁的电线杆,跪倒在路边,风来了,树叶沙沙地响着,仿佛嘲笑着母亲的无能。

考试结束了,母亲像一个做错了事的孩子,垂头丧气地接儿子回家,母亲看见,儿子高高兴兴、又蹦又跳地走出了校门,母亲问他原因,他说道:刚刚有个戴口罩的男人,问了问我的名字,就递给我一支笔,还把您的钱包交给我。"

母亲听后,一把抱住了孩子,眼泪止不住地往下淌,也不知道是为了这失而复得的钱包,还是为了那个陌生的男人。

改革开放之衣食变化

在大约四十年以前,我们的国家非常贫穷,我们家也非常贫穷。

奶奶小时候穿的衣服都是她姐姐穿过嫌小了的,衣服非常破旧,这里补一块,那里补一块。裤子磨破了,阿太帮奶奶补了一块布在上面,奶奶还高兴地穿着,满心欢喜地左看右看。袜子呢?就算破了也不买新的,补好再将就着继续穿。过年时,阿太给奶奶和她的姐姐一人买一双两块钱的布鞋,她们就兴奋得手舞足蹈。

奶奶小的时候,几乎餐餐都只吃番薯,只有中午才能吃一丁点饭,还只是榨菜配饭。只有过年才能吃一点肉,吃一顿饱饭。

随着改革开放,我们的国家一年比一年发展,如今我们的衣着和食物已经发生了巨大的变化,衣服色彩鲜艳,款式多样,短的短,长的长,想要怎样就怎样。再来说说食物:青菜、菠菜、蘑菇、鸡肉、鸭肉、鱼肉、猪肉,样样都有,样样好吃。现如今我们不仅讲究吃饱,更注重吃好,吃健康,合理地搭配食物,做到营养均衡。

改革开放带给我们国家的快速发展,提升了我们的生活水平!

过年的烦恼

每年大年三十前夕，每家每户都会在门上、窗户上贴上红色的"福"字和春联，这架势让人一看便知：过年啦！

每逢过年，我们就长大了一岁，在这新的一年里，新的篇章又要被翻开了，人们一个个登门拜访，相互报喜。然而在这喜庆的日子里，我却一直有一个烦恼：长胖。

每当过年时，每户人家都要走访亲戚，我家也不例外。而每走进一家，那家的长辈总会对我说："贝贝啊，这个东西啊，特别好吃，你多吃一点噢。"说着便一股脑儿全塞给我。唉！我想，吃了呢会胖，不吃呢又不好意思拒绝，怎么办呢？纠结呀！于是我把求助的目光落在妈妈身上，而她却说："算了算了，你吃吧！"我转念一想，这东西长得挺诱人，于是我就……

就这样，东给两颗糖，西给一块饼，所以我每年这个时候脸都会"圆润"不少。唉！该如何是好呢？

一条小溪的故事

我从记事起，就知道故乡有一条小溪。

这条小溪清澈见底，清得能看见水底灰色的小石头，小石头上披着一层黑里透绿的青苔，而小鱼儿在石头间游戏。

不知从什么时候起，小溪里有了垃圾，而随着时间的流逝，垃圾越来越多，清澈的溪水，眨眼间变成了又脏又臭的烂泥水，水面还漂着垃圾，一派惨不忍睹的模样。

是谁把小溪变得那么面目全非？是谁在小溪上制造垃圾？又是谁在乎便利而不在乎环境？是的，当然是那些无知、自私、目光短浅的人。这些人为了自己的欲望而肆无忌惮地伤害小溪，要知道，伤害别人就是伤害自己，不要让最后一滴水成为人类的眼泪。

我眼里的世界

我眼里的世界是一个乌烟瘴气、垃圾满地的城市。

每次我出去玩都看见来来往往的汽车后面发出臭臭的尾气。

还有香烟和大火。当人们吸烟的时候不仅害了自己，还害了别人。当人们燃烧垃圾时，大火上面就有烟，而烟是有毒的，万一有人闻到了就会生病、危害健康，而且我们呼出来的二氧化碳可以让天空全是雾霾，天空就好像铺了一层无边无际的毛毯。那我们该怎样改变这个世界呢？我们出去玩就不要开车了，坐公交车或骑自行车都可以，因为坐公交车的话我们自己就不用开车了呀，还有，自行车后面又没有尾气，这样不是减少了尾气吗？

对了，还要多种小花、小草和小树，这样就可以绿化环境，还要放点花花草草在家里，这样就可以净化空气。

如果大家一直这么做，那就一定会有一个绿树成荫的春天。

我战胜了困难

　　我从小就对直排轮有着浓郁的兴趣。"爸爸,他们在干什么啊？爸爸,为什么这个姐姐鞋子上有轮子我就没有呢？爸爸我也想要这种鞋子！"爸爸偏偏没回答我的任何问题,却对我神秘一笑:"好哇,我教你怎么玩!"

　　第二天,爸爸给我套上直排轮,戴上护肘、护膝和头盔,带着摇摇晃晃的我来到了一个宽阔的小广场。到了那儿,爸爸竟然就放开了拉着我的手,叫我自己保持平衡站稳。这怎么行？我才刚学！于是,我的双脚"壮烈牺牲"了——理所当然地摔了一跤。我挣扎着想爬到广场边缘,硬是撑着栏杆站了起来。看着一旁大笑的老爸,我气不打一处来,道:"爸爸,你笑什么呀,还不快扶我过去！"爸爸假装过来扶我,却在我伸手时躲开了,害我摔了一个"狗吃屎"。我气急败坏,爸爸说:"算了,算了,不逗你了。跟着我做,重心向前。"说着他撅了一下屁股,我也把身体往前靠。"腿张开,膝盖弯曲。"我也依葫芦画瓢。"头向前看,还有注意下脚,那边手……不要用脚……"大约半小时之后,爸爸才对他的大作连连称赞:这才像样！

　　第一次试滑就要开始了,我既兴奋又紧张。"先做预备动作!"爸爸发号施令。唉,为什么这个不会呢?第二个动作是什么啊?拜托,快让我做对第三个。于是我手脚并用,却还是手足无措地和大地来了个"亲密接触"。"哎呀,滑直排轮怎么这么难啊!我不学了!"我抱怨道。爸爸见状对我说:"你看你,才刚开始就不想学了,那要是碰到更难的呢?俗话说得好,坚持就是胜利,你都没有坚持,怎会胜利?"爸爸这段话说得我脸一阵红一阵白,于是我刻苦勤学,练了一手快速度,说不定你还能看见我和爸爸比赛呢!

　　从这里开始,滑直排轮让我明白一个道理:坚持就是胜利,你若不坚持,怎会有胜利?

灯

　　高尔基曾经说过："书籍是人类进步的阶梯。"在我看来，书更是我的良师益友，一盏指引我向前的灯。

　　在我上三年级的时候，翁老师推荐我们买《哈利·波特》，我心想：书有什么好看，还不如去玩呢！说是这么说，但还是去把书买回来了，很快翻了几页，就和小伙伴一起去玩了。

　　直到现在，我在家里闲来无事，便随意从书柜里拿出一本书。咦！这不是《哈利·波特》吗？反正没事，就看看吧！这不看不要紧，一看我就全身激动地颤抖起来，我以为这本书是像动画片那样的，没想到作者竟然把那看似幼稚的魔法写得那样生动有趣！我一下子就陶醉在这书里了，当哈利和伙伴们掉进陷阱时，我的一颗心也悬了起来，当格兰芬多以十分之差反超斯莱特林时，我也不禁为格兰芬多欢呼、高兴，妈妈还以为我疯了呢！

　　从《哈利·波特》这本书上，我学到了很多，接触以前从未接触过的动物、上台演讲、在舞台上尽情展现自我、竞选之前从未竞选过的职位……我觉得，我越来越像一个"小哈利"了！

在茫茫书海中,好书不止《哈利·波特》一本,我看见还有很多的好书正在向我招手! 书这盏指引我向前的灯,决不会沉默!

眼镜啊眼镜

俗话说得好:"眼睛是心灵的窗户。"眼睛使我们能够清晰地看到这美丽的世界,可是这些年里,这么多人的眼睛被蒙上了一层"玻璃",这究竟是为什么呢? 原来,他们近视了!

说起戴眼镜,我深有感触。一半是因为遗传,一半是因为自己写作业时老是不注意写字姿势,我在三年级时就近视了。我们家都是"眼镜星人",我那妹妹就算我妈想尽一切办法,买了矫正坐姿杆、矫正坐姿带、矫正坐姿椅等的东西,也不能让她幸免于此——在二年级时她就戴上了眼镜。

说到了戴眼镜的副作用,那可真是如波涛汹涌的洪水一般,一个接一个。首先是你时不时要扶一下,不然就会掉下来。还有就是你洗脸洗澡时要把眼镜摘下来,不然眼前的景象就会变得"如梦如幻"。还有令我们吃货最接受不了的就是像吃面、吃饭的时候,热气腾腾的饭菜端上来时,你把脸一凑过去,饭菜的热气立刻扑面而来。这怎么行! 吃饭当然是要味觉和视觉的双重享受了! 只有味觉

没有视觉的食物是没有灵魂的！当然了,我最讨厌的还是做体育运动时,比方说50米冲刺,我们这些"眼镜星人"还得时刻注意自己的眼镜不能掉,这样一来,速度也就比"非眼镜星人"慢了许多。最恐怖的要数打篮球比赛时戴着眼镜了,你要是一个球没接稳,那个传球的人传得低就罢了,传得高就惨了,直接命中你的眼镜,这时候就会有两种情况:一种就是你的鼻托被撞歪了,轻轻一掰就会断,鼻子也很容易受伤;另一种就是镜脚撞歪了。前者可比后者可怕多了。

眼镜啊眼镜,你真是让我又爱又恨啊！同学们还是要爱护好自己的眼睛,好好做眼保健操,没戴的预防起来,已戴的也要防止度数加深。

我的课余生活

我的课余生活丰富多彩,特别是弹钢琴,让整个家充满快乐!

从上幼儿园开始,我就学钢琴了,算算已经四年了,而且七级的钢琴已经考完了,但是有的人会问:"你是怎么做到的?"那就要听我慢慢道来!

记得一年级时,老师突然发了一首很难的曲子,练好之后,我觉得手都没力气了。妈妈回来后检查我弹钢琴,我刚弹完前面的曲子,又叫我弹那曲最难的。最后,我的手彻底没力气了。睡觉前,我问妈妈:"我能不能不学钢琴?"妈妈说:"不能!因为你已经坚持了这么久,现在放弃太可惜了。以后如果某场音乐会有你,妈妈一定会为你自豪的。"听了这番话,我不再想放弃,坚持每天弹钢琴,顺利考出七级,还在老师组织的音乐会上表演,果然,坚持就是胜利,爸爸妈妈爷爷奶奶也很开心,我一定坚持做大家眼里的小明星。

我的钢琴独奏《瑶族舞曲》经过翁老师的推荐发表在《轻松学语数》2016年12月刊上,大家只要用手机微信扫一扫,就可以看到我的精彩表演。

一次历练

"比赛——开始！"老师的哨声响起，紧张又刺激的篮球比赛开始了。我们和对方实力悬殊——对方的队伍里有专门练过篮球的同学。但我不服输，一颗好胜的心让我不能屈服。

"我，快把球传给我！"远处的队友叫道，我回神，比赛已经开始了。一个假动作晃过对方球员，把球传了出去。我赶紧去找空位。"快传！"我大声喊。这时球已经被对方抢断了。我一跺脚，追了上去，也不管三七二十一，盖掉了对方一个球。我拿到球，一路变向突破，幸好我速度过快，没多少人防我。我来到了对方的篮圈下，我假装示意一个队友到对面接球，好机会，看对方都去防队友了，我趁机擦板，好耶！进了！

这时，时间已经过去大半了，眼看比赛快要结束了，我们始终还差对方一球，我觉得这样下去没有多少胜算，于是找两个和我配合的队友商量着对策。"好。这么定了。"我们散开了去，其中一个队友截掉了对方的球，我和另一个队友连忙跑到篮圈下。这时,队友已经来到了三分线,对方球员都想跳起来盖她,却不想她一个假动作用力地传给了另一位队友。队友紧接着跑了几步,把球传给了在篮圈边的我。我轻轻一跳进了!

比分扳平,虽然没有获胜,但我还是用了一些新学的技巧,这也是对我的一次历练吧!证明了这几天的辛苦没有白费。希望下一回比赛时我能在平局的基础上再成功扳回一局,赢得比赛!

赛后,老师在和我们分析比赛时的各种技巧,当我听见老师表扬我的那一刹,我简直欣喜若狂。我的战术得到了老师的认可,就连对手也不停地说着:"好球,好球!"我对队友说:"不能骄傲,也不能气馁,再接再厉,加油! 我们肯定能赢!"

人物

"疫"路有你

2020年的新年钟声刚刚响过,新冠肺炎便肆虐人间。它来势凶猛,令人们措手不及,再加上人们从没见过这样的病毒,一时间没了办法,只能看着病毒肆意掠夺着人们的生命,无能为力。

就在人们慌乱的时候,一个逆行的背影从容不迫地走向了开往武汉的火车,他就是84岁高龄的钟南山爷爷。钟爷爷曾在2003年抗击非典型肺炎时做出过杰出贡献,当新冠肺炎疫情扩散时,他又义无反顾地踏上了危机四伏的抗疫之路。钟爷爷坚定的步伐好似给人们吃了一颗定心丸,让人们更加坚信疫情终将会过去,雨后终会出现彩虹!

钟爷爷曾说过:少外出,少聚餐,勤洗手,勤通风。保护自己就是保护他人,出门切记要戴上口罩。这些人们都牢记在心,不然光靠医生们的力量是远远不够的。

我曾看到过一个视频:一个叔叔开着一辆黑色面包车,在警察局门口停了下来,他下车,打开了后备厢,拿出了一大箱包裹。他把包裹从伸缩门上扔了进去,当我正在疑惑包裹里装的是什么的时候,那个叔叔已经匆忙地驶车走了。两个闻声赶来的警察已经拆开了那个包裹。"口罩,那是口罩!"那两个警察看起来很高兴,因为那时正是口罩紧缺的时候,能弄到这么一大箱真的很不容易,只见警察立正,朝远行的面包车敬了个标准军礼。

在防控疫情时,总有着一些感人的小故事温暖着我们,让我们前行的步伐更加坚定,更加确定方向!

背　影

　　背影如同影子,生活中的背影,是层出不穷、屡见不鲜的。任何人都拥有一个独特的背影,或高大,或矮小,或沉重,或轻浮。

　　爷爷人高马大,背有些微驼,像是鼓起了一个小包,两条手臂搭在两边,粗壮的腿支起了整个身体。

　　前几天,我因为一些小事和爷爷吵了一架,爷爷很生气,不再理我。

　　晚饭时间到了,可是饭还没烧好,爷爷在厨房里忙碌,那高大的背影在厨房狭小的空间里不断地来回走动,饭菜的香味渐渐溢出了厨房,扑向客厅。

　　晚饭时,爷爷不停地给我夹菜:"多吃点,这个鱼可香了。"爷爷一边絮叨一边夹菜,自己一口饭也没动,我赶忙劝道:"爷爷你别夹了,再夹我都吃不完了。"爷爷听后,不再给我夹,我想他早就原谅我了,狼吞虎咽地吃完了碗中的菜,爷爷不引人注意地笑了笑。

　　吃过饭,爷爷收拾碗筷准备洗碗,那背影仍然高大,在我心中"谁言寸草心,报得三春晖"这句诗不仅可以形容母亲,更能写出爷爷的伟大。

贪吃的妹妹

我的妹妹圆圆的脸上有一双水灵灵的大眼睛，一个小小的鼻子，一张能说会道的小嘴巴。她身上样样不少，就是有一点，特别喜欢吃东西。

记得有一次，我和妹妹一起放学，回到家她就开始大吃特吃，什么蛋糕啦，面包啦，海苔啦……通通都进了她的肚子。她还想吃，可是奶奶不让她吃，因为吃得太多了。她不服气，就趁奶奶不注意，连忙拿了一颗糖，屁股一扭一扭地逃到房间里慢慢地享用去了。

瞧，这就是我贪吃的妹妹，一个可爱的妹妹，一个调皮的妹妹，她还经常跟在我后面叫着："姐姐，姐姐。"没有她，我家还没有这样的快乐呢！

白衣天使真"牛"啊

在我们身边,总有一些身手不凡、技艺高超的"牛人",他们身怀绝技,令人佩服。可是,还有一种"牛人",朴素平凡,却肩负着整个中国的未来,他们舍小家为大家,筑起一道道紧固的防线,使我中华坚不可摧。他们就是无私伟大的"牛人"——白衣天使。

2020年初,新冠疫情暴发,整个中国人心惶惶。眼看着国家陷入危机,白衣天使站了出来,医学者们一门心思研究着疫苗,想办法对付难缠的疫情;奋战在一线的医生、护士竭力守护着每一条生命,废寝忘食;有些医生为了缓解病人们焦虑的心情,竟跳起了舞,唱起了歌……这些人中,不乏"80后""90后"甚至"00后"。他们之中,有些人为了不让父母担心,连夜出门,踏上支援武汉的长征;有的人过于劳累,工作了几天没有休息,直接卧在地上;有的人日日夜夜穿着防护服,眼睛旁、嘴巴边……整个脸上布满了大小不一的勒痕;有的人为了方便打理,剪掉了一头乌黑秀丽的长发;还有的人,为了不让父母担心,每天都给家里报平安打电话:"放心吧,我很健康,武汉一定会振作起来,中国一定会振作起来的!"经过白衣天使的长期奋斗,疫情终于有所好转,看着他们胜利的笑容,我会心地笑了。在我心中,他们是最"牛"的"牛人"。

诚然,在这个世界上还有许许多多的"牛人",可我却认为白衣天使是最美的那个,是我的偶像。未来,我也要像白衣天使一样,为国家做出贡献! 他们真的做到了"捐躯赴国难,视死忽如归"啊!

白衣天使真「牛」啊

班 有 高 手

说起我们班的能人，那可真如海浪一样，一浪一浪，数也数不完，今天我就来为大家盘算一下，我们班的那些"高手"。

学习高手——陈欣怡。

说到高手，那可就不得不提我们班的超级学霸陈欣怡了，语数英科体美音样样不在话下，科科精通，几乎挑不出任何毛病，好几次期末考试，都是她第一哩！

绘画天才——张紫依。

在美术方面，"张大师"可是有很高的地位，她画的画宛若天仙下凡，没有一丝瑕疵，不信你可以去看我们班的美术作业成绩登记表，几乎都是"星"呢！（最高等级是星）她的作品就连老师也不得不称赞："噢，真不错！"

数学奇才——何鑫炜。

何鑫炜的确是一个令人佩服的奇才，上课时总是在抽屉里看书，不好好听讲，但考出来的成绩却是个天文数字，每当我们冥思苦想了两种解题思路，他立刻就想出了第三种和第四种。不得不说："是个高手。"反正我服了。

钢琴能手——我。

嘿嘿，我也要毛遂自荐一下，我的钢琴已经过九级了哦！参加比赛好多次了，每次抱回来的不是金奖就是银奖，不是荣誉证书就是奖牌呢！就连有些小音乐会，我也参加过，我真厉害！嘻嘻！

飞盘鬼才——沈馨婷。

我可以准确无误地告诉你，世界上最可怕的生物莫过于沈馨婷了。四年级的时候，学校开办了飞盘社，我和她一块报名，你永远也不晓得，飞盘给了她多大的杀伤力。一次练习，她和一个六年级姐姐传盘，人家一不小心"哎哟"把别人脚弄痛了，她一不小心"哎哟我的妈呀"把人家弄了个轻微脑震荡，一个礼拜没上学。从此，外号"雷神"诞生了，再也没人敢和她传盘了，飞盘社的人一传十，十传百，全五年级都知道了。据说，上次她拿着飞盘在小区溜达，一个同年级的男生小心翼翼地问："你是不是'雷神'？""是啊，有事吗？""妈呀，'雷神'！大家快跑！"于是乎，本来充满小孩的小区游乐场一下子没人了，只留下"雷神"原地发愣。

除了这些，我们班的能人还有许多，说也说不完，道也道不尽，欢迎你来我们班看看哦！

可爱的小兔子

一身淡黄色的皮毛,一对粉红色的长耳朵直挺挺地竖在脑袋上,机灵地窜来窜去;两只红黑色的小眼睛滴溜滴溜地转着,机警地望着周围的一切;一个小小的鼻子连着那张小巧的三瓣嘴,偶尔还能看到它伸出粉嫩的小舌头舔自己的毛呢!那它到底是谁呢?原来它就是我的小兔子——小可爱。

有一次我放学回家,就看见小可爱在笼子里东奔西跑,跳来跳去,一会儿闻这儿,一会儿嗅那儿。我想它一定是饿了,于是从厨房拿来几片新鲜的小青菜叶子给它吃。果然不出我所料,小可爱一闻到青菜淡淡的清香后,小脑袋便情不自禁地凑了过来,那样子仿佛在说:快给我吃,快给我吃!我都快饿"死"了!于是我就从一个缝里把菜叶塞进去了一半。"咯吱咯吱",不一会儿,几片嫩绿色的小青菜叶便消失在它的嘴中。让我们来看看它吃饭的样子吧:小小的鼻子慢慢地抖动着,三瓣嘴飞快地咀嚼着,像一个正在工作的缝纫机;两只眼睛因为吃了东西更精神了,兔耳朵乖巧地垂了下来。那样子真是有趣极了!

到了今天,小可爱虽然离开了我,但是在我心中,它永远是我的好朋友!

时光里

致陪我走过童年的你

　　真正的朋友,在你获得感动的时候,为你高兴,而不捧场。在你遇到不幸或悲伤的时候,会给你及时的支持和鼓励。在你有缺点可能犯错误的时候,会给你正确的批评和帮助。我们应该这样要求自己的朋友,这样的友谊才是真正可贵的。

——[苏联]高尔基

　　你有着大大的眼睛,高挺的鼻梁,一笑起来便会露出洁白的牙齿,天真无邪的笑容为你增添了许多色彩。你和我做朋友已经许多年了,我俩每每聚在一起时,周围的气氛都会变得欢快起来。我们常约着一起玩,一起学习,形影不离。我们从没吵过架,并且心有灵犀,一个眼神就能知道对方在想什么。你就是我最好的朋友——童梓菡。

　　我们五个月大的时候就成了朋友,什么话题都能聊,小到头上的发绳,大到国家选举。这样的友谊可不是一朝一夕就能形成的。

　　前几个月,学校在招女子篮球队员,我们两个说好了一起报名参加。经过层层选拔,我们都留了下来,没过多久,我们便喜欢上了篮球,每天刻苦训练,日日坚持。没过几周,各方面都有了突飞猛进的进步。

在比赛时,只要我和你分到一队,我们总能配合得很好,我平时训练做得不对的地方你也会给我指正,我们互帮互助,互相鼓励。

就在前几天,我在一次比赛中,被篮球砸中了手指,痛得厉害,我皱着眉头,继续支撑着,可是状态明显不如以前了,这当然逃不过你的眼睛。中场时,你小声问我怎么了,我告诉了你事情的来龙去脉,并说道:"我没事,我可以继续的。"你却坚决否定,主动向老师请示帮我去拿药,并让另一个队员代替我上。

过去的岁月如轻烟,被微风吹散了。但不变的是我们的情谊。不论以前、现在还是未来,我们都是好朋友,一辈子的好朋友!

鳄鱼和大象

从前，有一只大象，它名叫波波，波波因为身体太庞大，而且它平常非常安静，所以没有朋友。波波常常想：我要是有个朋友就好了。

有一天，天气很好，波波出来散步，看到鳄鱼金金在玩水，鼓足勇气问道：我可以做你的朋友吗？鳄鱼金金摇摇头说道：不行，我的朋友已经够多了。波波听完了金金的话非常伤心，默默地转身离开。就在波波转身的时候突然听到金金在喊救命。波波一看，原来金金站在瀑布下面，而瀑布的水流很急，已经快把金金冲走了。"快，拉住我的鼻子。"波波一边说一边把自己的鼻子伸向了金金。金金一把拉住了波波的鼻子，波波将金金救到了岸边。"波波，谢谢你，你还愿意跟我做朋友吗？其实我的朋友也没有很多。""当然愿意啦！我们做好朋友吧！"

从此鳄鱼金金与大象波波成了好朋友，一起在小溪边玩耍，互相关心，互相帮助。

儿 童 节

今天我们迎来了伟大的时刻——一年一度的六一儿童节，在这个属于我们的节日里，学校开展了有意义又好玩的"社团节"。

翁老师发好券后，我怀着激动的心情一溜烟儿地跑到楼下，冲到离我最近的一个项目，挤进去一探究竟。

咦，这是什么玩意儿？看到同学们把自己的纸船放到水面上，我的脑袋里不断冒出问号。经同学一答才知原来这是"纸船载人"。

看同学们玩得热火朝天，我也不禁手痒了，也挤进去拿了一张白纸认认真真地折了起来。"折好了！"我激动地喊道。我小心翼翼地把纸船轻轻地放在水面上，等确定它不会沉下去时我又轻轻地拿起一旁篮子里的圆铁块，生怕纸船被震下去。"一、二、三、四……"我开始放铁块了。"十二、十三、十四、十五、十六！我放了十六个铁块！"我两眼放出光彩兴奋地喊道。老师微笑着帮我盖上章。

之后，我又玩了好多的项目，回家的路上，我不禁感叹道："这是我过得最有意义的儿童节！"

时　　光

　　时光如白驹过隙,时光荏苒,在不知不觉间悄悄地从指缝中溜走,带走了我那美好的童年……

　　在一个刮着风的冬天,我还赖在床上不想起来,这时,妹妹惊叫起来:"啊! 雪,外面下雪了!"我听后一骨碌爬起来,跑到窗边,简直不敢相信:外面一片银装素裹,哇! 真的下雪了! 我快速洗漱完毕,匆匆吃了几口饭,就拿上装备去楼下玩雪了。

　　白茫茫的雪,覆在万物上,俨然一个美丽的冰雪世界。我和妹妹堆起了雪人。圆圆的大雪球当脸,两个较小的雪球当眼睛,一个三角锥雪堆当鼻子,用手轻轻在鼻子下方划一道浅浅的弧度,一个雪人头就做好了。再把雪堆积到一处形成雪堆压实,然后把头安上去,扣上脸盆,插上树枝当头发和手,一个模样滑稽、古灵精怪的雪娃娃就完成了。接着,我和爸爸一起打雪仗。我的手早就冻僵了,可我还是玩得很开心。

　　童年,就好似大海旁沙滩上的那一个个美丽的贝壳,又好像夜空中那数不清的繁星,虽然看得见,但离我们越来越远。随着学习任务的加重,童年也逐渐离开了我们的视野。童年的时光总是充满着美好与快乐,珍惜童年的美好时光吧!

秋　游

秋游啦！我们期待已久的秋游终于在星期五举行了。当天，我早早地来到了学校，见同学们都炸开了窝，我也毫不犹豫地跟着庆祝。

"三年级请下来，三年级请下来，车子已经准备好了。"随着广播响起，我们陆陆续续地排好队，走到了校门口，上了大巴。

到了秋游的目的地：低碳科技馆。我知道了人类给大自然带来的危害很大，同时知道了怎样保护大自然。我们要从日常生活中去改变去保护。

到了野餐的地方，我们铺上了垫子，拿出食物来分享，垫子上都堆满了同学们带来的食物，大家都开始吃了起来，其中我最喜欢妈妈做的蜂蜜烤鸡翅。

休息过后我们去看了电影，了解了国家航天技术，我为中国自豪，现在我们要更加努力学习本领，长大了为祖国做贡献。

这次秋游留给了我一个深刻的印象，真想知道下一次秋游是什么时候！

护蛋行动

上个星期,我校举行了"护蛋行动",就是每天随身带着一颗"蛋宝宝"。我又有什么经历呢?快随我去看看!

星期一,我们在操场上举行升旗仪式,校长说,我们要每天带着一颗蛋,那就是自己的"宝宝"。晚上,爸爸和妈妈回来了,我高兴地跟爸爸一起给蛋做起了衣服,我小心翼翼地捧起,又放下,捧起又放下,我精心地做着,想着它会变成什么样子。"做好了!"我擦擦汗,高兴地说。

星期二一早,我兴奋地起床,大家的蛋是什么样的呢?有没有做头发?有没有涂色?我就带着一脑袋问号去学校了。到了学校,大家都炸开了窝,我拿出自己的蛋,高兴地看着。突然,陈嘉翊"砰"地撞在我身上,我一失手,蛋便掉地上碎了。看着已经破碎的蛋,我又伤心又生气:"陈嘉翊!你干什么!"我说完就边哭边跑进厕所。我昨天晚上那么一大堆时间我在干什么?我绞尽脑汁在想什么?想着,我哭了起来。陈嘉翊跑过来安慰我,但不管她怎么安慰,我就是不听,直到上课铃响了才出去。

后来,我一整天都闷闷不乐的,直到大课间,我们在做操时,翁老师走过来对我说:想不想再申请一颗"蛋宝宝"呢?""想。""那你一定要好好做哦!"翁老师说。我的心里一下子亮堂起来,又可以做一颗蛋!我开心起来,回到家我飞快地做着作业,等待着爸爸和我做下一颗蛋……

通过这次行动,我明白了学校为什么要开展这个活动了,那是因为学校要塑造我们的责任心,对人要有责任心,对作业也要有责任心,你一定要对所有东西有责任心哦!

小麻雀和小乌龟

从前,有一座森林,森林里有一棵老树,树上住着一只麻雀,树边有一条小河,小河边生活着一只乌龟。

一天,麻雀生了一颗蛋,与此同时,乌龟也生了一颗蛋,没过几天,两个宝宝都破壳而出了。于是他们就在两位妈妈的精心照料下快乐地成长起来。

有一天,小乌龟在自家院子里玩,住在树上的小麻雀也想和他一起玩,就对小乌龟喊:"我能不能和你一起玩?""可以。"小乌龟说,"你下来吧!"小麻雀想下来,可是他还不会飞,但前几天妈妈教过他一些。"我先试试看,就当是测试。"小麻雀想。他走到阳台,猛地跳了下去,因为小麻雀只顾着跳,忘记张开翅膀了,所以他掉进了河里。这一切都被小乌龟看得清清楚楚的,他连忙跑到岸边想救小麻雀,可是小麻雀已经掉下去很深了,小乌龟看不见他。

"我不会游泳,怎么办?"小乌龟急得团团转,"对了,妈妈会游泳!"小乌龟想到这个立马跑进屋里找妈妈,跟妈妈说了整件事的来龙去脉。妈妈听完冲出门,跳进河里,救起了小麻雀。

从此,小乌龟和小麻雀成了形影不离的好朋友。

叶子与虫子

有一次,妹妹从幼儿园带回两条瘦瘦的蚕宝宝。我和妹妹迫不及待地找了一个盒子把蚕宝宝放进去,蚕宝宝弓着身子一扭一扭地爬来爬去,观察着自己的新家。看,它是不是很可爱呀?

它们俩吃的食物是桑叶,桑叶很大,绿绿的,旁边还留着圆形的小齿轮。蚕宝宝每天除了吃就是睡,除了睡就是吃。最后它把自己吃成了"小胖子"。这样的行为是不是很像小猪呀?

当它们的"吃货生涯"结束以后,蚕宝宝们就会开始吐丝做茧。白白的丝从蚕宝宝的嘴里吐出来,一只蚕宝宝用了一个晚上就做好了茧,而且还是金色的。还有一只没过几天也做好了一颗白色的茧。

虽然我不知道后面它们怎么样了,但我知道它们后来肯定变成了飞蛾,还是两只胖乎乎的飞蛾。

内蒙古大草原

今天我给大家介绍的是美丽的内蒙古大草原。

这天早上，我带着兴奋和爸爸妈妈还有妹妹一起去那美丽的内蒙古大草原。我们的大巴车先开到紧贴着草原的一条宽阔的公路上，大巴车不紧不慢地开着，不一会儿，我们便到达了目的地。"哇，这里的空气好清新啊！"一下车，一阵赞叹声就传到耳边。我一看，茫茫的草原一望无际，就好像一片没有尽头的绿色海洋。当然这"海洋"里少不了动物。草原上散步的母牛、齐头并进的野马群，还有埋头吃草的小羊们，构成了一幅生机勃勃的图画。再近些，只见那些小草长得有一人来高了，如果有一个人站在一小簇草丛里的话，一定会觉得自己很渺小。

到了中午，太阳升得老高老高，小草们被晒得垂头丧气，怎样都提不起精神，耷拉着脑袋，像只热极了的哈巴狗。

到了傍晚，太阳落下去了，小草又恢复了生机。我们依依不舍地离开了美丽的大草原，我坐在车窗边，望着越来越小的草原，心想：大草原真美！

唐僧师徒开店

自从唐僧师徒取经回来后,他们整天无所事事的,于是唐僧决定——开一家面包店。

唐僧是店长,孙悟空是收银员,沙和尚和猪八戒是负责做面包的面包师。四个人分工合作,忙得不亦乐乎。唐僧每天跟悟空以及每位员工讲解怎样才能做得更好,让顾客们觉得满意,认真仔细地检查每一项工作;孙悟空每天微笑面对客人,收银速度也很快,顾客也对他好评不断,有空的时候,他还会帮店长干一些杂事呢!沙和尚也不差,他做的面包,软硬适中,滑而不腻,美味极了!凡是吃过他做的面包的人,都在向朋友推荐:"那家店里的面包味道那叫一个棒啊!像我这种不爱吃面包的人都想再来一个呢!喏,就在那个路口左转。"而猪八戒嘛,嘿嘿,就不一样了。

一开始,唐僧看八戒啥都不会,就让他帮沙和尚打鸡蛋。本来,每个店员一天只吃一块鸡蛋糕和一大杯牛奶,可是每天吃这个,吃着吃着,吃到后来,八戒觉得自己越来越饿。一天晚上,他实在是饿得睡不着觉,于是来店里,哇,好多东西啊!八戒来到店里一看,到处都是琳琅满目的面包、蛋糕。"我可不能全部吃完,不然可就被大师兄他们发现了。"八戒心想。于是他吞了几片吐司便回去睡了。

从那以后,八戒每天都比别人多吃一点,虽然很少,但终究还是被孙悟空的"火眼金睛"给发现了。"为什么现在面包产量这么低呢?难道是三师弟这几天没睡好,工作时困了?为什么八戒这几天又胖了呢?"悟空想。转身去问八戒,果真,八戒支支吾吾地说不上话来,好,悟空心中仿佛有了答案。

之后,面包店里的面包果真再也没有少过,面包店里的生意也兴旺起来了。

唐僧师徒开店

拿手好戏——钢琴

　　十八般武艺,样样是好戏!说到拿手好戏,那我可多了去了,画画、唱歌、打篮球等,如天上的繁星一般数也数不清。不过当然了,我最得意的拿手好戏就是钢琴了。

　　在我还上幼儿园的时候,老师每天中午都会弹着钢琴哄我们入睡,从那时起,我就喜欢上了钢琴这个大家伙。我求妈妈让我学钢琴,不出几天妈妈便给我买来了钢琴。我既惊奇又开心,立即跟妈妈道谢。不久,妈妈帮我找到了老师。

　　从那以后,我天天练琴,一次次练习到深夜,在一年后的三级考级中顺利通过。果真是功夫不负有心人,我自此更加勤奋地练习了,琴技突飞猛进,每天的练琴时间更是从40分钟增加到了1小时。

　　记得有一次,我去参加一场名为"肖邦国际青少年钢琴公开赛"的比赛。我自知这次的比赛是为了纪念肖邦这个作曲家才举办的,只要是弹肖邦的曲子都会加不少分,我却依旧选了其他音乐家创作的曲子,是的,我想要挑战一下自己。

"下一位。"机械发出了冷冰冰的叫号声。我深吸几口气，慢慢呼出来：不要紧张，不要弹错，就像平常练习时一样，做好我自己。我朝评委们深鞠一躬，坐在琴凳上。我闭上眼睛，弹起了轻快的曲子，我就像一阵风，一会儿轻轻吹到了森林里，感受森林的静谧美好，闻着小草清香的甜味；一会儿又吹到了海边，把海面卷起一个海浪，一下又一下地朝岸边打去……旋律时而轻快，时而舒缓，时而激昂，时而低沉。不知不觉间，旋律已然停止。我再次鞠了一躬，小跑下了台，耳畔响起了一阵热烈而真挚的掌声，那是对我的努力的肯定。不久后，我收到了奖状——儿童C组独奏金奖。我还被推荐进入了总决赛。

　　入夜，屋里再一次响起了悠扬的琴声，或古朴淡雅，或幽怨深沉，曲曲折折，奔流不息，在这静谧的夜色中渲染开来，少年的我，欣然享受着我的拿手好戏……

拿手好戏钢琴

时光里

读《包身工》有感

　　夏衍爷爷是我们学校的代表人物,他的作品和他创作改编的剧本都十分引人入胜。前两天,我读了一本夏衍爷爷写的作品《包身工》。它反映了当时社会的不公,令人深思。

　　《包身工》是中国现代作家夏衍于1935年创作的一篇报告文学,反映了20世纪30年代上海纱厂里包身工的情况。文章以铁的事实、精确的数据,真实地描述了包身工的苦难生活,揭露了帝国主义和封建势力相互勾结、压榨中国人民的罪行。它按照时间顺序,选取包身工们每天生活中的三个主要场景,从住、吃、劳动条件等方面叙述了包身工的苦难生活。其中适当穿插典型的描述和精辟的议论,丰富了文章内容,增强了批判力度。20世纪30年代,在上海日本人开设的纱厂中,一大批被骗来的农村少女被以一种奇特的方式包给了带工的老板,因而称作"包身工"。她们每天的工资就是老板的收入,因此即使包身工生病,也被老板用拳头、棍子等强迫去上工。她们住的是充满粪臭、汗臭和湿气的工房,吃的是喂猪的豆腐渣熬成的稀粥,劳动环境极其恶劣,又要受到各种惨无人道的虐待。

读完了这篇文章我不禁震惊了:原来旧社会的人们生活这么惨,小小年纪就被拉去当苦工,受了伤不能道,吃了苦不能说。这和我们现在美好的生活形成了鲜明对比。那时的人们吃不饱,穿不暖,每天还要受着酷刑,也没有人主持公道。再看看我们现在的生活,吃的都是大鱼大肉,穿的都是好布好料,社会治安良好。相比之下我们就像温室里的花朵,怎么也长不大。我们应该向我们的老一辈学习,学习他们的美好品质、不屈的抗争精神,不让悲剧重新发生,永远不让这血腥的历史重演。我们要好好学习,长大做国家栋梁,成为人民的希望、海上的阳光,领着人们前行!

读《狼王梦》有感

　　我花了整整三天时间，才把沈石溪老师写的《狼王梦》彻底读完。这三天我真可谓是废寝忘食，恨不得天天都看，整个人都有一种身临其境的感觉。

　　这个故事讲述的是一匹叫紫岚的母狼，为了完成丈夫的遗愿，她立志要让肚子里的孩子坐上王位，然后生下了五匹小狼崽，但其中有一匹小公狼因一场灾难冻死了，于是只剩下三匹小公狼，紫岚便不惜一切代价地要把三匹公狼中的一匹培养成夺取王位的"超狼"。每一次，她总是绞尽脑汁，费尽周折，结果却是竹篮打水——一场空。先是大儿子黑仔被金雕抓走；再是二儿子蓝魂儿被捕兽夹夹住，紫岚迫不得已只好咬断了他的喉管；然后是三儿子双毛死于狼王洛戛手下，也是死于自己的自卑感。

　　狼，在我们眼中似乎是可恶、可恨、可怕的冷血动物，但是狼也是有爱的，那种"望子成龙，望女成凤"的心，就像我们的爸爸妈妈，希望我们能够出人头地，想让我们成为优秀的人一样，爸爸妈妈为了让我们学习更多的知识给我们报了很多的兴趣班，假期带我们去旅游，让我们了解不同的城市。狼也一样,狼也懂得爱儿爱女,紫岚希望她的儿子能够当上王,从此过上好日子。我们不应该仇视狼,因为它们也有爱和生存的权利。

张紫依

雨　落

　　一声惊雷打破了春日的宁静,一场暴雨突然来临,豆大的雨滴落在房檐上,落在雨伞上,落在水泥地上,溅起了大大的水花。

　　大雨倾盆。一场盛大而震撼的交响曲正式拉开序幕。大鼓"轰隆隆,轰隆隆"地响,交杂着沙锤"沙沙沙,沙沙沙"的声音,风笛之声甚是美妙,闪电就像灯光,大自然的舞者在翩翩起舞,雨中的世界就是他们的舞台!看!小树们左摇右摆,舞似乎跳得还不太熟练;瞧!小青蛙蹦蹦跳跳的,一会儿从这个水坑跳到那个水坑,一会儿又从那个水坑跳回来,真是活力四射;还有……

　　雨小了。鼓声停了,灯光也停了,如果说刚才是盛大的交响曲,那现在就是空灵而又优美的钢琴演奏,一滴滴晶莹的雨珠犹如指尖弹奏出来的一个个音符,发出清脆的声音,"滴答,滴答"。风也小了,微风拂过草地,小草随风摆动,似是想把身上的雨珠给甩掉;微风拂过……

　　雨停了。我走下楼,深吸了一口气,雨后的空气果然格外清新。到处都有雨的痕迹,屋檐上挂着雨珠,树上也还留着来不及落下的雨珠,远看好像是天上的繁星,不小心落到了人间。

　　云青青兮欲雨,水澹澹兮生烟。

四　季

一抹嫩绿出现在了一片白茫茫的世界,随着它的出现,春开始到来,冬小姐把世界的画笔交给了春姑娘。

春姑娘拿着画笔,提着花篮,迈着轻松的步伐,一边走一边哼着小曲儿,所到之处皆是一片春意盎然,这边点一朵迎春花儿,那边加一棵桃花树……粉色、白色、金色……各种色彩将冬小姐留下的银白渲染。

为大树的枝丫添上绿叶,让花骨朵儿开始绽放,将阴云驱散,让太阳光再次洒满大地……春姑娘喜欢这样的春天,她认为这样的春天才是美的。

树叶由浅变深,世界的画笔到了夏哥哥手里,让太阳颜色变深,让太阳光更加炽烈,夏日炎炎,夏天,就应该热情一点。

树叶落到地上,秋爷爷将世界染成了暖色调,枫红如火,银杏树金黄的树叶就像一把把金扇子,农田中,稻田翻起金色的波浪,果园中,一个个红艳的苹果挂在枝头,让人垂涎欲滴。

树叶飘零,大地被白雪覆盖,世界的画笔重新回到了冬小姐手中,雪花飘落,大树披上银装,放眼望去,到处都是银白色的世界,许是太过单调,冬小姐在一片白色中点了几朵红色的梅花,傲然挺立,美不胜收。

时光轮回,下一年的四季,又会是怎样的光景呢?

假如我是一个魔法绘画师

　　如果我是一个魔法绘画师,我想把天空画成湛蓝色,让白云挂在天空上,变换出各种各样的形状。

　　如果我是一个魔法绘画师,我想给春天点缀上各种各样的繁花,让它们在一片盎然中盛开。将冬天留下的银白渲染,让浓浓春意洒满这温暖的春季。

　　如果我是一个魔法绘画师,我想画出一个可以让鸟儿无拘无束在天空飞翔、鱼儿自由自在在水中遨游的地方。

　　如果我是一个魔法绘画师,我想画一片竹林,茂林修竹,夜风瑟瑟,萤火点点。画一片桃源,粉蝶轻舞,世外仙境。

　　如果我是一个魔法绘画师,我想给秋天添上一抹暖色,红? 橙? 金? 都可以。枫红如火,银杏似金,金红交接,美不胜收。稻海泛起波浪,叶子悄然落下,落日余晖,倦鸟归林,已是黄昏时刻⋯⋯

　　如果我是一个魔法绘画师,我想画出一片净土,没有争吵,没有嫉妒,没有歧视,人人平等,安居乐业。

　　如果我是一个魔法绘画师,我想画出一个时光机,回到过去,把一切遗憾、过错弥补;让时光圆满,从此阳光灿烂,没有阴霾。

可惜,我不会魔法,也不可能画出世外桃源、人间净土,更没可能画出时光机回到过去,不过是一个美好的梦想罢了……

音乐，让生活更美好

好听的音乐如同潺潺流水流进你的心田；如同黎明前的第一束光，让人感到温暖；如同春天的第一场雨，让心底冒出绿色的小芽儿。

音乐也分很多种，有激情澎湃的，也有温暖治愈的，还有让人放松心情的。

比如你在忙碌了一天之后，听音乐放松一下就是个不错的选择。这样就可以扫去一身的疲惫，仿佛置身于一片草地之中，没有都市的喧闹，也没有任何的烦恼，甚至你可以什么都不用去想，只要安静地享受这份宁静就可以了。微风轻轻地拂过你的脸庞，带走你的疲惫。小草微微摆动，好似在为你舞蹈。就连流水声都显得悦耳动听。整个人都沉浸在音乐的世界里，令人流连忘返，不愿离去。

比如你在心情低落时，听一首治愈人心的歌曲，恍惚间似乎已经置身于另一个世界，这里有连绵不绝的山脉，有壮观的瀑布、清澈的溪水。自由自在的小动物，五彩缤纷的花儿，飞舞的蝴蝶……似乎世界上所有美好的事物都汇集在了这里，看着这美好的一切，原本低落的心情也好了起来。

　　比如你在和朋友聚会时来首激情澎湃的歌曲，一定能调动现场的气氛，你与朋友一起在音乐中舞动，把所有情绪都释放出来，留下的，只有一身轻松。

　　音乐能够放松心情，能够治愈人心，能够释放情绪……音乐，让生活更美好。

童　年

　　童年是一幅多姿多彩的画,让人赏心悦目;童年是一首欢快愉悦的歌,令人回味无穷;童年是一个五彩缤纷的梦,充满了梦幻色彩。

　　我的童年是由公园的一件件事情串起来的……

　　"你来追我呀! 略略略!""你给我站住!"曾经的欢声笑语似乎还在我耳边回荡……记得是一年秋季,我在公园里放我自己做的风筝,突然一个和我差不多大的小孩把我的风筝抢走了,我气得火冒三丈,赶紧去抓他,可他跑得特别快,追都追不上,那小子还朝我做鬼脸。一不小心,风筝挂在了树上,下不来了,我非常生气,让他把风筝拿下来,可毕竟我和他的年纪都太小,身高不够,最后只好叫大人来帮忙。现在想想,我当时干吗这么斤斤计较呢?

　　小时候的我有点傻,喜欢乱摘花草,有一次,我看到一朵很漂亮的花,顺手把它摘了,插到头上,本人居然觉得挺好看的! 还向外婆炫耀,还是外婆说不能乱摘花草,我才不情愿地把花拿了下来。事后,我才知道那花是人家自己种的,想一下,还是有点愧疚的。

以前学骑自行车的时候,是在公园里学的,因为经常摔倒,所以印象特别深,尤其是刚拆掉辅助轮的那一段时间……"嘭!"的一声响起,想都不用想,又是我摔倒了,刚拆掉辅助轮,还不太适应,就比以前摔的次数更多了,加上是夏天,公园的地又粗糙,导致伤口很痛,我都要哭了!都说"万事开头难",可我看结尾也不简单啊!有点不想练了,在摔倒N次之后,我在心里哀号。当然,只是说说而已,此后,我更加努力地练习骑自行车,终于,在2013年8月19号这个重要的日子,我学会了骑自行车,一直陪伴我的是亲人、朋友,还有……童年。

公园里印象最深的一件事就是冬天玩雪的事。我被砸得惨不忍睹,唉!

"噗!"一个雪球砸在我脸上,我有点蒙,自己好好地在做雪糕点,怎么突然飞来一个雪球?真是"飞来横祸",一看,噫,这不是上次抢我风筝的小孩吗?他居然还敢来!怒火在我心中油然而生,我抓起一个雪糕点,向他扔去,可惜没砸到,我赶快跑出亭子,在草丛上抓了一把雪,又向他扔去,大战一触即发……不知过了多久,我们两个都打累了,看向对方,不约而同地哈哈大笑,我和他现在的样子就像一个雪人,那一天,我高兴极了,现在想起来,还是……

想笑啊！哈哈哈！

　　童年的时光是多么有趣，多么美好啊！它给我带来了
欢乐，童年真好！

六年回忆

　　想把时光描绘成一幅七彩的画,拿起笔却不知从何画起;想把时光吟成一卷诗文,张开口,却不知如何吟唱;想把时光斟成一味禅茶,却不知从何时起,时光它悄悄地走了,就这样在不注意的时候,它悄悄地溜走了。

　　阳光透过玻璃窗洒在窗边的书上,当书增添了一抹金色的光辉——那是我一年级的语文书。

　　而书桌上放着六年级的书。

　　我不禁有些茫然,是从何时起,我从一个刚入学的小孩子成长为一个六年级即将毕业的大孩子的?

　　转眼间就要毕业了,六年时光,匆匆而逝,如一滴滴入大海里的水,无声无息,转瞬即逝。

　　一年级,我们懵懵懂懂。

　　二年级,关系淡泊如水。

　　三年级,有了玩耍的朋友。

　　四年级,真正理解班级。

　　五年级,收获了友谊和真情。

　　可是,六年级,当我们真的感到快乐时,我们毕业了,六年时间竟过得如此之快,舍不得你们,陪伴了我六年的同学,舍不得那些美好的回忆。

六年时光,不过弹指一霎。

"聚是一团火,散是满天星。"曾经的嬉笑怒骂化为点点星光消散。光阴似箭,从不会为任何人停下脚步;岁月如梭,在人身上留下一道道痕迹。

曾经的点点滴滴,我必定保存在心间。

那一刻，我长大了

　　时光如同指尖流沙，滑过我们的生活，聚集起了我们一步步的成长。我们逐渐走向成熟，蓦然回首，却发现我们早已悄然长大……

　　那是一个落雪纷飞的冬天，我在公园里玩儿。"终于要把雪人给堆好了，就是有点点冷。"我朝自己的手哈了一口热气。

　　雪下得越来越大。"咦？这雪怎么越下越大？"我打了个喷嚏，"这天也是越来越冷了，算了算了，堆完雪人就赶紧回家吧！"

　　"依依，依依！你冷不冷啊？"忽然间，我听见有人在喊我的名字，我扭头一看，怎么是个雪人？只见那个"雪人"向我走来，一看，原来是外婆啊，我拍拍身上的雪，朝外婆跑去。"外婆，你来啦！"我说。

　　"你看你，穿得这么少，不冷啊？看看，手冰冰凉的。"说着，外婆把自己身上的外套脱下来，披到我的身上，我看到外婆身上那一件薄薄的毛衣，再看看自己身上厚厚的羽绒服，鼻子不知道为什么开始发酸。

"外婆,我不冷。"我把衣服重新披到外婆的身上,说,"我穿得已经够多了,倒是外婆你,穿得这么少,不冷啊?"

　　外婆愣住了,半晌,说:"孩子长大了,知道关心人了。"这下,换我愣住了,是呀! 我已经长大了,在不知不觉中,长大了。

　　隐隐约约看见一颗晶莹的泪珠从外婆的眼角滴落,慢慢地滑过脸颊,再从下巴上落下,掉落到地上,再渗透到地下,然后消失不见。

　　自那天之后,我学会了关心家人和朋友。那一天,我长大了!

时光里

飞盘时光

时光飞逝，如昙花一现；日月如梭，似弹指之间。转眼间，我们已经快上六年级了，之前的点点滴滴，你还记得多少？

我记性不好，之前的很多事都不记得了。在我上学以来的五年记忆中，关于飞盘的就占了一半。

从四年级开始，飞盘队就一直在训练，一开始是每天早上和放学训练，后来改成了每个星期五训练。到现在我还记得施老师在演讲台上说我们学校要开展飞盘社团时，我那激动的心情。

当然，每天都要训练，怎么可能不发生一点趣事呢？

趣事之一——"多余"的。

刚开始的时候，老师给我们发飞盘，发到六年级的一个男生的时候，恰好多了一个，老师让他把飞盘还回来，我们就跟着起哄："多余的，还回来！"不得不说，世界上的巧合真的是太多了，后来我们站队的时候，总共两队，那个六年级的男生又成了多余的一个，于是"多余哥"这个外号就这么华丽丽地诞生了。

趣事之二——大力"雷神"。

我们班参加飞盘队的人中,有一个人成功地在众多人员之中用飞盘"砸"出了自己的一席之地。事情是这样的,一天,在我们训练的时候,突然,"嘭"的一声,把大家吓了一跳,一看,原来是一个飞盘砸到了墙上,是谁砸的呢? 当然是我们的"雷神",因为我看到"雷神"的搭档惊魂未定地看着那个飞盘,走过去一瞧,那个飞盘居然弯了! 从这里可以知道"雷神"的力气到底有多大了。

最开始的时候我们连拿飞盘的姿势都不对,还好有老师手把手地教我们,从不会到会的过程中,老师和我们不知付出了多少努力。现在我们已经快上六年级了,之前飞盘队六年级的同学,走了。年年岁岁花相似,岁岁年年人不同。

时光里

难忘的背影

淅淅沥沥的小雨仍在下着,我靠在窗边,眺望着远方,不经意间想起了他——那位平凡而又不平凡的老人,想起了他在雨中远去的背影。

记得我第一次碰见他的时候,也是这样一个雨天……我撑着雨伞,走在繁忙的大街上。把零食的包装纸随手一扔,一阵风把包装纸吹到了大街上。我一转头,看见一个瘦弱的身影,急匆匆地朝我这边走来,原来那是一位老人,"他在干什么?"看着老人跑来跑去,我不禁感到有些疑惑,但很快,我明白他在做什么了,他居然在追我刚刚扔的包装纸!浓浓的愧疚涌上我的心头……一阵狂风吹来,包装纸被吹到远处,老人也越追越远,我甚至可以听到老人的喘息声。风慢慢停下来了,脚步声也慢慢地停了下来,包装纸捡到了,老人望了一眼街道,确定没有垃圾之后,缓缓转过身,走了。

雨,越来越大,老人没有带雨伞,他步履蹒跚地向前走着,弯着腰,骨瘦如柴的身子好像随时都要倒下,紧咬着,那干裂的嘴唇。孤单的背影在繁忙大街的衬托下,显得更加孤独,路灯把老人的背影拉得很长,很长……

"那个老人真奇怪,明明不是清洁工,却偏偏要去捡垃圾,真搞不懂他。"一个人说。不是清洁工?我抓住了话里的关键,我赶紧上前去问:"请问,刚才那个老人不是清洁工?"那人看了我一眼,说:"是啊! 不是清洁工,也不是捡破烂的,不知道为啥一定要去捡垃圾。还风雨无阻的。"我"哦"了一声,心里却对那位老人升起了无比敬佩之情。

那一个瘦弱的背影,让我久久不能忘怀。

小镇故事

在一个遥远的地方，有一个与世隔绝的小镇，在这里没有阴谋和欺骗，有的，是人与人之间的信任与帮助。

善　良

在镇子中间，围绕着一群人，不知道在做什么，走近一看，被围在中间的是一个四五岁的孩子，似乎是和父母走散了，面色焦急，快要哭出来了。周围的人有的在细声安慰这个孩子，有的则在询问身边的人是否知道这个孩子的家长是谁，还有一些和这个孩子同龄的儿童正好奇地望着他，有一个稍微大一点的小孩，摸着孩子的脑袋一本正经地说："好啦！不要哭了，你不哭的话我给你糖吃。"过了一会儿，终于有人想起来这孩子是谁家的了，于是，一群人"护送"孩子到了家，又等了一会儿，才看到一对年轻夫妻急匆匆地向这里赶来，一把抱住孩子，还对群众连连道谢，群众也只是摆了摆手，说了句不客气，就离开了。

诚　实

在集市上，一位男子把要买的东西放到台子上，付了钱以后，有人给他打了个电话，他走到旁边去接，因为接的时间有点长，所以他接完电话就直接离开了，忘了拿他的东西。那个店主因为生意兴隆，过了一会儿才想起那位男子忘了拿他的东西，抓起东西准备给他，却发现那位男子早就没了踪影，想了想，觉得白收人家的钱是不好的，就向周围的人描述这个人长什么样子，询问是否知道他住在哪儿。但是周围的人都不知道。店主只好拿着东西跑到人多的地方一个一个问，功夫不负有心人，他总算问到了男子的地址。已经是傍晚了，他匆匆来到男子的家，按了按门铃，等那位男子出来后，店主把东西给了他，就走了。

这些就是这个小镇的故事，有机会，我再给你讲。

夜里的灯光

如今的繁华都市,被各种各样的刺眼的灯光所笼罩着,总给人一种透不过气来的感觉。而在一片喧嚣之外,却有一处灯光,它没有霓虹灯那般绚丽多彩,没有太阳灯那般耀眼,更不像灯笼那样充满着喜气,它散发出的是虽昏黄暗淡但却柔和的光。

那已经是几年前的事了。

一个夜晚,夜半三更的时候,我出去喝水,却发现了一件奇怪的事。

我看到外婆的房间门缝里透出丝丝亮光,好奇之余又感到有一点点奇怪。"这么晚了,外婆的房间里为什么还有亮光呢?"我这样想着。怀着好奇而又忐忑的心情,我悄悄地把门打开了一条不大不小的缝,刚好可以看到里面的情况,又不会被发现。

房间里,外婆坐在床上,手里拿着一对木棒针,旁边放着一个毛线球,好像在编织什么东西,因为距离有点远,灯光又不太亮,所以我看不清外婆在编织什么东西,于是我把门又打开了一点点。

原来外婆在织围巾，我还隐隐约约听到她在念叨什么："这是给依依的围巾，一定要织得暖和一点……"听到这，我愣了一下，外婆这么晚了还没睡觉，是因为给我织围巾吗？

眼泪，流了下来……

家 人 与 亲 情

亲情是黑暗中的光芒,点亮希望和未来;亲情是茫茫大海中的避风港,把快乐和安逸摇进你的心灵;亲情是六月里的一阵清风,把舒适和清凉吹进你的心底;亲情是严冬中的一件毛衣,把温暖和幸福送进你的美梦……

我有一个家,它不大,但温馨。

一岁,我学走路,摇摇摆摆,爸爸妈妈就在我后面不远的位置看着我,每次我摇摆得厉害,好像快要摔倒的时候,他们眼里都有着浓浓的担忧,脚步不自觉地向前迈,当我重新稳住身形,他们松了口气,继续在后面看着我。

四岁,跑步的时候跑得太快,摔了一跤,腿受伤了,当时觉得很痛,就哭了,在一旁坐着聊天的外婆,第一时间注意到了我的情况,先是安慰我,让旁边的邻居看一下我,立马回家去拿药膏,再回来,给我敷药。

六岁,学骑自行车,我在前面骑,爸爸在后面扶着自行车,手都不想拿开,生怕我摔倒了,不过我的技术还是可以的,没有摔倒。

七岁,上小学,外婆送我到学校,看着我背着书包,蹦蹦跳跳的身影,眼里有着不舍。

我有一个家,有一群家人,我爱他们。

感谢你

生活之中有许多善良的人,他们是可爱的,是值得我们感谢的。我就曾碰到过一个这样的人。

记得是一年前的一天,我去新华书店买书,顺便买一点零食。可是天有不测风云,我出门的时候还是晴空万里,太阳高高地挂在天上,阳光洒在身上暖洋洋的。可让我万万没想到的是,我刚走出新华书店,就下雨了,而且还是暴雨。

我没有带雨伞,无奈之下,只好在书店躲雨。本来以为过一会儿,雨就停了,我就可以回去了,可这雨越下越大,甚至还夹杂着闪电和雷鸣。

"看来这雨没几个小时是不会停了,太晚回去外婆会担心的,要不,直接冲出去?"我内心非常矛盾,"可是,万一被雨淋湿,感冒了怎么办?"算了,管他三七二十一,就算天上下刀子我也要"杀"出一条血路来。

闭着眼睛准备往前冲,本来以为会被雨淋个透心凉,但让我惊讶的是我居然一点也没有淋湿,抬头一看,咦?怎么有把伞?再往旁边一看,有个阿姨在给我撑伞。

"这个阿姨为什么要给我撑伞？她又不认识我。"我心里奇怪,却又不敢问,雨还在下着,一路无言。

"她是不是想把我带到什么地方,然后把我卖掉?"我心里暗想,"如果是这样的话,我是不是该逃跑?可万一她一定要带我走,我也没办法反抗啊!"

心中胡乱地想着,突然,那位阿姨出声了:"你住在哪儿?"正发愣的我下意识地回了一句:"景芳二区。"然后她说:"已经到了。"随后就离开了。

我就站在那儿发呆,半晌,才反应过来。"原来她是想把我送回家啊!等等,我还没有道谢!"虽然懊恼,但也没有别的办法,只能期望下次碰到她再道谢了。

世界上的好人总是多于坏人的,只要你保持一颗善良的心,尽自己的努力帮助他人,就会得到回报。

天真幻想

丛林冒险

　　放假了,在征得爸爸妈妈的同意后,我终于可以去丛林探险了! 不过他们不许我一个人去。"不就是去丛林吗? 能有什么危险?"我觉得他们根本就是咸吃萝卜淡操心。最后我还是拗不过他们,我就带上我的闺蜜"雷神"还有科学老师徐老师,组成了一个探险小队。

　　去丛林要带什么呢? 以防万一,我带了指南针、饮用水、食物、医用药品、帐篷、红色记号笔、渔网、火柴、打火机、纸、手电筒、刀⋯⋯反正我也不知道用不用得上,以防万一嘛。

　　这样做的结果就是,当我背着一个巨大的背包到约定的集合点的时候,把其他两人吓了一跳。"雷神"说:"包子,你也带太多了吧!"徐老师点了点头,说:"带得太多,到时候逃跑不方便。"

　　"我觉得不多,除了帐篷其他的其实不重的。"我说。终于可以出发了。

为了防止到时候找不到路,我在途中的树上用红色记号笔做了记号。"你们说,丛林里会有什么动物啊?"我好奇地问。

　　"有蛇、虫、鸟、兽,和各种各样的植物。"徐老师说。"咝——咝——咝",忽然,响起一阵声音,不会是蛇吧?我有这么倒霉吗?我慢慢地拔出包里的刀,猛然转过身,却对上了"雷神"笑嘻嘻的一张脸。"吓死我了,我还以为是真的蛇呢。"话音刚落,又听到一阵"咝——咝——咝"的声音,"雷神,你别闹了……"我还想继续说,却看到她苍白的脸色,我心里"咯噔"一下,升起了一种不好的预感。她张开嘴似乎想要说什么,但却什么也说不出来,最后只吐出几个字:"你……后面有……有……"

　　"有蛇! 不要动!"徐老师喊道。我转过身,看到一条巨大的黑棕色蟒蛇正虎视眈眈地盯着我,我想逃,但老师让我不要动。"你冷静点,这是蟒蛇,没有毒的。"徐老师说。

　　"对,我要冷静,不能慌。"我对自己说。"加油,张紫依,你没事的,不要紧张。"我安慰自己。蟒蛇……我记得徐老师在进来丛林前讲过,它不会主动攻击人,如果它盯着你,不要慌张,站在原地不动,几分钟后它会自己离开。

　　想到这里,我便站着不动,几分钟后,那条大蟒蛇离开了。它离开的瞬间,我差点站不住,还好"雷神"眼疾手快,扶了我一下,不然我就要摔倒了。"你真厉害,面对那么大

的蛇还能冷静下来。"她说。

"冷静个鬼！我明明是吓得腿软了。"我到现在都还心惊胆战的。

"好了好了,别说了,天都黑了!"徐老师打断了我们的对话。我望了望天空,确实黑了,"那我们先生个火,谁去捡柴?"我说着,把背包里的帐篷、手电筒、纸、火柴和打火机都拿了出来。"我去我去!""雷神"自告奋勇地举手。"我们还没吃饭,我带了一些面包、鸡蛋、盒饭、肉松……还有一包糖。应该够我们吃了。雷神,面包给你。"

过了一会儿,她回来了,手上拿着柴和……瑟瑟发抖的兔子?"天哪!你怎么带了一只兔子回来?"我表示非常惊讶。

"我抓到的,厉害吧? 今晚加餐。""雷神"得意洋洋地说。

"嗯……你真厉害。"吃过晚饭,我们要开始烤兔子了,"雷神"还自带了烧烤工具,烤完了,我准备吃的时候,总感觉有什么东西在盯着我,我往四周看了看,发现了一双绿莹莹的眼睛,那是……狼!我的目光转向徐老师,他停止了动作,看起来很严肃,显然,他也发现了那匹狼。我刚想说话,他却用眼神制止了我,慢慢弯下腰,做捡石头状,我看到那匹狼往后退了一点,但没有完全离开,徐老师又从我的包里拿出刀和水杯,"叮叮当当"地敲了起来,狼似乎很害怕这个声音，很快就离开了。全程我都是心惊肉跳的，可"雷神"压根没有发现那匹狼，真是个没心没肺的姑娘啊！

第二天，我们顺着之前留下来的记号，走出了丛林。

通过这次的冒险经历，我明白了遇到危险的事情不要慌张，要冷静思考，临危不惧是关键。

我变成了蒲公英种子

　　"这到底是什么情况啊?"听着耳旁呼啸的风声,我有些迷茫。就在不久前,自己还在床上玩手机,然后……好像就眼前一黑,就到了这里了。

　　"算了,既来之,则安之。"我心中暗想。所以说,自己现在是一颗蒲公英种子? 好像还是快要飞走的那种,我有些害怕,万一飘到了食草动物面前,岂不是给他送了一个免费的小点心? 正胡思乱想着,忽然,我听到了一个温柔的声音,就像是母亲对即将远行的孩子说话时的声音,带着浓浓的不舍:"孩子们,你们即将离开我了,但愿你们能飞到一个安全的地方,保护好自己,平平安安地生活下去。"

　　没来得及想那道声音是怎么回事,我就被一阵风给吹走了,这阵风不是很平,就像一辆颠簸的列车,晃得我左摇右摆,分不清东南西北。

　　终于,这阵风停了下来。我迷迷糊糊地睁开眼睛(不知道有没有眼睛),发现自己置身于一片草原之中。"还好,没有落在食草动物面前,不然就完了。"我松了一口气。"但草原也不安全啊!"还记得草原上有许多的食草动物,比如羚羊、野牛之类的。想着,我的心又提了起来。"算了算了,反正现在没有什么太大的危险,还不如想想刚才那道声音是怎么回事。"记得刚才那道声音似是母亲的话语,再结合说话的内容,不会是……蒲公英?

突然,我感觉自己被提了起来,转眼一看,一张"血盆大口"就这么出现在我的在眼前,瞬间,整根草都不好了,"不会吧,自己不会要完了吧?"我心中惊慌,不知所措,"不对,冷静一点,如果我刚才的猜测是对的,那么……"

"兄弟,求您放过我行不?"不管了,就拼一把吧!

"哦?"我听见了一道声音,这道声音带着些玩味,"你有什么理由让我不吃你?"

"我知道一个地方,有很多好吃鲜嫩的青草,我可以带您过去。"看来自己猜得没错,动植物确实能互相对话。

"好啊! 快带我去。"我可以从这道声音中听出很明显的欣喜之情。应该是为了方便我看清楚地貌,声音的主人把我举得高了一些,现在我也能看见他的全貌了,这是一只野兔。

我哪儿知道哪里有草地,随意指了一个方向,准备找机会逃脱。

过了一会儿,野兔似乎累了,便停了下来,正好有一阵风吹来,我顺着这风,又飘到了另一个地方。"刚才真的好险,要是那个兔子再聪明一点,说不定就真的完了。"正想着,身边传来一阵"好饿"的声音,如同学语,含糊不清。"为什么会有这种声音?"我心中奇怪,再看看周围,发现自己身处一个鸟巢之中,旁边还有几只幼鸟。

看来声音就是他们发出来的了,不过既然有幼鸟,为何没有大鸟?想了想,这种情况应该是大鸟出去觅食了。等等,觅食?鸟是杂食性动物,那自己,算不算是食物?

刚想到这,天上有两个黑影落了下来,应该是幼鸟们的父母。突然,其中一个黑影在向我靠近,眼看就要碰上了,我感觉大脑一片空白,忍不住大叫起来——啊!

慢慢睁开眼睛,发现自己还是在家里的床上,似乎刚才的一切都不存在。"这只是一个梦吗?"我很迷茫,却意外发现自己手上有几根鸟类的羽毛和兔子的毛发,所以,这到底是不是梦?

会飞的鱼

"这是哪儿?"我疑惑地望着周围的一切。就在几分钟前,我还在沙发上看书,只是一眨眼怎么就到了这个离奇的地方。

为什么说是离奇的地方呢? 因为我看到的一切已经不能用"奇怪"来形容了。

真是不看不知道,一看吓一跳,我居然在天上,我瞟了一眼脚下,哎呀! 这也太高了吧!"我不会掉下去吧!"这个想法在我心中油然而生,怎么赶也赶不掉。

天哪! 我的腿在抖,怎么办? 正当我慌乱之时,有一辆大车,不,一条大鱼向我飞来,一口把我吞了下去。

我被吞下去后,发现这条鱼的肚子里居然跟飞机舱一样,甚至还有人鱼专门服务。这是我第一次看到穿着燕尾服会说话的鱼,震惊中我不自觉地坐到座位上。等我缓过来之后,开始观察周围的一切,这里的食物很奇怪,怎么个奇怪法呢? 这里的食物是飞过来的,你面前的小桌子上有个屏幕,屏幕上能选择你想吃的食物,选好之后只要点击下单,它们就会立刻飞到你面前……

时光里

　　"下一站，飞鱼岛。"有一个好听的声音响起。我很好奇，就去问旁边的人，那人说："飞鱼岛是一座空中岛屿，里面全是会飞的鱼，是一个巨型游乐园，听说那里特别好玩。"

　　到了飞鱼岛，那里果真是一个游乐园，有摩天轮、过山车、旋转飞鱼、旋转茶杯、跳楼机、抓娃娃。居然还有水上游乐园，这还只是游乐设施。我惊喜地发现这里还有美食九条街，我馋得口水都流下来了。这时有个小飞鱼从我身边跑过，对，你们没看错，是跑过去的，不是游过去的。"哎呀！"它叫了一下，"好痛啊！"它哇的一声居然哭了起来。我连忙去安慰它，并给了它一个超大的棒棒糖，它立马眉开眼笑地对我说："姐姐好。我叫快快，我和我弟弟走丢了，谢谢你的棒棒糖。"后来我帮它找到了弟弟，它们就陪我一起玩了起来。可是在我玩过山车的时候被甩了出去……

　　"啊！"我吓得大叫，结果，我发现我刚刚居然睡着了，原来刚刚的一切都是梦啊！

班有高手

我们班里可是人才辈出,什么音乐高手,绘画高手,写作高手……现在,我向你介绍一位跑步高手——叶翔。

正所谓人如其名,叶翔叶翔,名字里带了个翔字,跑起来就跟飞起来一样。别不信,我现场给你个事实回放。

记得还是一二年级的时候,叶翔就展现出了他惊人的跑步本领。那一天,体育老师让我们分组绕着操场跑三圈,大部分女生叫苦连天,当然,也包括我。毕竟我体力是很差的,平时跑两圈都累得上气不接下气,更别说三圈了!

不过幸运的是我在比较后面的组,暂时还轮不到我。于是,后面的人有的在为前面的人加油打气,有的就开始当起了现场解说员,比如说……我。

"现在是五(5)班跑步比赛解说现场,我是解说员张紫依。"说完,我把目光投向第一组男生,叶翔就在里面。"3,2,1开始!比赛进行得如火如荼,运动员们不分上下。"我刚说完,就感觉一阵风从我脸上拂过。"是他,是叶翔。"没错,刚才那阵风就是叶翔!"叶翔现在稳居第一,第二差得老远嘞! 真是风一样的男孩啊!"我发出了由衷的感慨。

"啊! 天哪! 叶翔已经跑完两圈了! 这速度,绝了!"边说,我边用手比了一个相机的形状。"快到了,快到了! 冲线了!"叶翔,名副其实的第一名,我假装给叶翔拍了个照。

体育高手叶翔,你服吗?

家乡的变化

近年来,我们祖国的发展日新月异,突飞猛进,现在我们的家乡也发生了种种巨大的变化……

这样的变化主要体现在人们的衣、住、行上面。

首先要说说"衣"有什么变化。以前的衣服裤子,不是黑色的,就是棕色的;不是棕色的,就是灰色的。颜色都特别深沉,让人看了心情不好。可现在,衣服的颜色、款式可以说是五花八门。红橙黄绿青蓝紫,要什么颜色有什么颜色,而且还有了运动服、汉服……既时尚又实用,看一眼,让人感到特别舒服。

然后再来说说"住"的变化。以前的房子可不是现在这样的高楼大厦,听家里的长辈说,以前的房子都是破破烂烂、东倒西歪的泥屋、瓦屋。一个小小的屋子里面挨挨挤挤住了几代人,下雨天还会漏雨,你说,这样的环境,谁不想找个好的房子呢?可以前那个时代,就算找遍大街小巷,好房子还是寥寥无几。不过现在可截然不同了,现在啊,你看到的是一座座顶天立地的高楼大厦;人们不像以前那样通过打零工来赚取生活费,而是有了稳定的工作收入,住房自然也变得好了。

最后来讲讲"行"的变化。以前的交通工具除了公共汽车,基本上就很少有人用其他的了。那个时候,有了一辆自行车都是一件值得骄傲的事,小汽车更是少之又少,运送货物都是用三轮车。而且路都是土做的,下雨天还坑坑洼洼,动不动就摔一跤。现在可完全不一样了,小汽车随处可见,坑坑洼洼的土路也被宽敞平坦的柏油马路取代,自行车更是多到可人手一辆,甚至在公共汽车的基础上,还出现了共享自行车、共享电瓶车……最厉害的一个地方就是出现了地铁和飞机,一个在地下跑,一个在天上飞,以前真的连想都想不到,这就是人们说的"与时代共进"。

以前和现在,人们的衣食住行可真是天壤之别。以前想都不敢想的事,现在都变成了现实,我不禁感叹道:我们的家乡在变化,祖国在腾飞!

国 与 家

大家都说"国家"是先有国再有家，如果"国"没有了，"家"也就不复存在了；"家"没有了，人也就难以生存了。所以说，"国"对于所有人来说，是重中之重。

那该如何守护我们的国家呢？许多百姓并没有强大的实力，也没有很高的智慧，不能打仗也不能为国家做什么突出贡献，那是不是就代表着我们没有用了呢？当然不是。

就拿这次疫情来说。我们不会医术，不能赴前线跟病毒做抗争，但我们待在家里不出门，为在前线的白衣天使加油，也算是守护国家。没办法赴前线，那就好好待在家里，不出门，不让新冠病毒有一丝机会进入体内，这难道不是在守护国家吗？这会让前线的白衣天使少了许多工作量，也守护了自己的小家。

白衣天使都是舍小家，为大家，我们没办法做到这些，守好自己的小家就可以了。"国"和"家"是相关联的，"国"没有了，"家"也跟着不存在了。但"家"没有了，"国"也就只是名存实亡了。

在平时，我们各司其职，每个人做自己的事，大人上班，小孩上学。平凡而简单，每天忙碌着，但过得很充实。

国与家，不可分割。我们要守护好自己的小家，才能保大家。